PUMPKIN PATCH MURDER

Édition française

A WICKED GOOD MYSTERY SERIES

LUCY MAY

DÉVOUEMENT

« La sentence du destin écrite sur le front, aucune main ne pourra jamais l'effacer. » *-Bhartrhari*

NOTE AUX LECTEURS

Chaque titre de la série Wicked Good Mystery peut être lu sans avoir lu les autres titres de la série auparavant. Cependant, vous rencontrerez des références aux événements des histoires précédentes. Si vous souhaitez profiter de tous les mystères, de la magie et du chaos, découvrez les autres livres de la série !

CHAPITRE UN

MOIRA WICKED

Les feuilles d'automne tournoyaient sur la route, poussées par une rafale d'air froid venue de l'océan Atlantique. Je conduisais pour retrouver Liam afin de choisir une citrouille, ou peut-être deux, pour Halloween. Celia et Delia, mes cousines jumelles, m'accompagnaient et étaient bien décidées à trouver jusqu'à dix citrouilles pour un concours de sculpture à leur lycée.

Les couleurs éclatantes de l'automne parsemaient le ciel de Charm Cove, dans le Maine, tandis que les vents chassaient la chaleur estivale. J'aperçus un éclat rose qui clignota dans le rétroviseur et jetai un coup d'œil par-dessus mon épaule.

— Qu'est-ce que tu fabriques ? demandai-je sèchement, mes yeux se posant sur Delia dans le miroir, dont la magie avait toujours une teinte rosée, peu importe ce qu'elle faisait. Pour environ la millième fois, je remerciai les étoiles que la magie de Celia soit imprégnée de lavande. Étant donné qu'elles étaient des jumelles identiques approchant leurs seize ans, ces deux-là avaient suffisamment de bêtises en réserve. Ajoutez la magie à l'équation, et la prudence devenait néces-

saire. Si leur magie était aussi identique que leur apparence, je ne pourrais jamais déterminer qui avait fait quoi.

Delia gloussa, ses yeux bleus pétillants tandis qu'elle repoussait ses
cheveux bruns de son front.

— C'était un accident. Je jouais avec ma baguette. Désolée, Moira,
dit-elle rapidement.

Celia intervint :

— Elle essayait de me jeter un sort.

— Eh bien, tant que c'est inoffensif, ne me laissez pas gâcher votre
plaisir, dis-je d'un ton pince-sans-rire.

Un bruit de froissement et d'autres gloussements se firent
entendre. Je secouai la tête en souriant intérieurement. Normalement,
elles se seraient disputé la place du passager avant, mais un énorme sac
de courgettes l'occupait. Ma mère l'avait déposé cet après-midi, faisant
partie de la dernière récolte de la saison de son jardin.

Je jetai un coup d'œil par la fenêtre où l'océan s'étendait à perte de
vue. Nous roulions le long de la route côtière sinueuse au-delà du
centre-ville de Charm Cove. De vieilles fermes et leurs terres respec-
tives s'échelonnaient de l'autre côté de la route. Charm Cove était
situé à mi-chemin de la pittoresque côte rocheuse du Maine.

— Ne manque pas le tournant, lança Celia depuis l'arrière.

En regardant devant moi, j'aperçus le panneau « Citrouilles de
Peaches » un peu plus loin. On ne cultivait pas de pêches dans cette
ferme, mais il y avait beaucoup de citrouilles. Le nom était un clin
d'œil au surnom d'une ancêtre qui avait vécu ici jusqu'à son décès. Elle
s'appelait Peaches, et elle cultivait des citrouilles.

En tournant dans le chemin, je vis la voiture de mon mari au bout,
ainsi que quelques autres. Chaque fois que je pensais à Liam comme
mon mari, un petit frisson me parcourait. Nous étions mariés depuis
plus de deux mois maintenant, mais la nouveauté ne s'était pas encore
estompée.

C'était une tradition automnale de venir chercher une citrouille
chez Citrouilles de Peaches. Bien que ce soit déjà le troisième automne
depuis mon retour à Charm Cove après quelques années d'absence, je
n'avais pas encore réussi à rétablir cette tradition annuelle.

L'enthousiasme des jumelles était contagieux. Inspirées par le prochain concours de sculpture de citrouilles au lycée, elles étaient motivées par leur esprit compétitif commun. Je m'attendais à ce qu'elles commencent à devenir un peu plus cyniques à propos de la vie, comme les adolescents ont tendance à le faire. Bien qu'elles soient certainement espiègles, et je ne doutais pas un instant qu'il y avait beaucoup de choses que j'ignorais sur leur vie sociale, elles conservaient une joie de vivre que je ne voyais pas s'estomper, même face au cynisme.

C'était la fin de l'après-midi, les rayons du soleil descendant bas dans le ciel. Une douce lueur orangée dorée se répandait sur le champ de citrouilles, faisant resplendir les citrouilles dans le paysage.

Je me garai à côté de la voiture de Liam, et les jumelles sortaient déjà précipitamment avant même que j'aie eu le temps de couper le moteur. Je ris en les regardant galoper dans le champ. Elles voulaient prendre des photos de la citrouille géante qui avait remporté un prix à la foire cette année. La saison des foires battait déjà son plein, avec Halloween sur ses talons.

Les cheveux noirs de Liam brillaient au soleil tandis qu'il contournait la voiture pour venir me rejoindre, ses yeux bleus pétillant de son sourire.

— Je vois que les filles sont pressées, murmura-t-il en guise de salutation alors qu'il se penchait pour cueillir un rapide baiser sur mes lèvres.

Je souris tandis qu'il s'écartait.

— Bien sûr qu'elles le sont. Ne sont-elles pas toujours pressées ? demandai-je en me retournant.

Liam prit ma main dans la sienne et la serra doucement alors que nous commencions une marche beaucoup plus lente vers le champ de citrouilles. Mon mari sorcier et moi nous étions rapidement adaptés au mariage, ce qui était plutôt pratique étant donné que nous *devions* nous marier, avec la paix entre les familles Wicked et Good en jeu si nous ne le faisions pas officiellement. Il y avait les pressions familiales habituelles, puis il y avait le sort vieux de plusieurs siècles qui prédisait notre mariage. Tout allait bien. Nous étions *vraiment* amoureux, et notre mariage maintiendrait la paix pour une autre génération de sorcières et de sorciers.

— La mairie a appelé, commenta Liam.

— Tu veux dire le bâtiment ? demandai-je avec un petit rire.

Il rit doucement.

— Non, je veux dire Anna Goodness. Elle a dit que tu devais te décider si tu voulais que notre certificat de mariage indique ton nom de famille comme Good ou Wicked. Je répète pour bien préciser que ça m'est *complètement* égal si tu gardes ton propre nom, dit-il.

J'étais bloquée sur cette décision. Je pouvais changer mon nom à tout moment. Mais si je voulais le faire avec mon certificat de mariage, il y avait une date limite, et c'était la semaine prochaine.

Liam Good et moi avions finalement accepté notre destin. Notre mariage avait été écrit dans les étoiles, ou quelque chose comme ça. Il était un sorcier de la famille Good, et j'étais une sorcière de la famille Wicked. Il y avait de l'histoire, pour ainsi dire, entre nos familles. Il y a quelques centaines d'années, il y avait eu une sorte de bataille — une lutte de pouvoir massive — et des sorts maléfiques lancés dans toutes les directions. Pour maintenir la paix, deux matriarches avaient décrété qu'un Wicked et un Good devaient se marier à chaque génération.

Oui, en 2019, ces choses existaient encore.

Nous nous étions mariés il y a deux mois. Tout allait bien dans le monde des sorcières, et je devais prendre une décision pratique concernant mon nom.

—Comme je n'arrive pas à me décider, je suppose que je vais garder Wicked. Ça me fait bizarre d'être appelée Good. J'ai été Moira Wicked toute ma vie.

Liam serra ma main une nouvelle fois en s'arrêtant devant une grosse citrouille plutôt ronde. —C'est ce que je pensais, mais je ne voulais pas que tu prennes mon opinion en compte avant d'avoir décidé.

Mon cœur fondait. J'aimais vraiment cet homme et c'était incroyablement pratique. Dieu sait que je ne voulais pas contrarier le destin. Ça aurait été misérable d'épouser Liam si je ne l'aimais pas.

—J'appellerai Anna demain et je lui dirai que si jamais je change d'avis, je déposerai de nouveaux papiers. En regardant Liam, je suivis son regard vers la citrouille. —On dirait que tu aimes cette citrouille, ajoutai-je.

—Eh bien, elle est assez ronde, tu ne trouves pas ? répondit-il.

La citrouille était, en effet, très ronde. —C'est définitivement une bonne citrouille, observai-je, en levant de nouveau les yeux vers Liam.

—Combien en prenons-nous ? demanda-t-il.

—Je pense deux. Une pour chaque côté des marches de l'entrée.

Il se pencha, détachant soigneusement la tige de la citrouille et la soulevant. Il la tenait calée sous un bras, tendant la main pour prendre la mienne en se retournant.

À ce moment-là, l'une des jumelles cria. Leurs voix étaient si semblables que je ne savais pas qui c'était au début.

Nous nous sommes retournés pour voir Delia dans une section du champ, et Celia qui courait vers elle en criant.

—Qu'est-ce qui se passe ? criai-je.

Liam lâcha ma main et courut pour rejoindre les jumelles, je le suivais. Ses grandes enjambées l'y amenèrent plus rapidement. Nous nous sommes tous retrouvés quelques rangées plus loin.

—Que se passe-t-il ? entendis-je Liam demander.

Celia s'arrêta en dérapant, les joues rouges et les yeux écarquillés. Elle semblait vraiment effrayée. —Il y a une personne morte !

Delia hurla : —Quoi ?!

—Où ? demanda calmement Liam.

Celia fit un geste frénétique derrière elle.

Je sortais déjà mon téléphone. —Nous avons besoin de Daniel ici maintenant s'il y a un cadavre.

Pendant que j'appelais Daniel, Liam marcha vers l'endroit que Celia indiquait. Je le suivis.

Celia ne voulait *pas* retourner là où elle avait rencontré le cadavre et resta sur place, cherchant la main de sa sœur. Bien que la curiosité de Delia fût clairement difficile à maîtriser, sa peur l'emporta et elle resta à côté de sa sœur jumelle. Leurs mains étaient fermement serrées l'une dans l'autre tandis qu'elles nous regardaient traverser le champ.

Anna Goodness, la femme même qui avait appelé au sujet de notre certificat de mariage, répondit à mon appel. Anna était la standardiste et réceptionniste au poste de police et s'occupait également des tâches administratives à la mairie de Charm Cove.

—Moira, que puis-je faire pour toi ?

—Je sais que je n'ai pas appelé la ligne d'urgence, mais c'est une urgence. Nous sommes chez Peaches' Pumpkins, et l'une des jumelles a vu un cadavre. Oh mon Dieu, il y a *vraiment* un cadavre, m'exclamai-je dès que je vis le corps dans la rangée suivante au-delà de l'endroit où je m'arrêtai à côté de Liam.

—D'accord, reste en ligne avec moi. J'envoie déjà un message à Daniel et à tous ceux qui sont de garde pour qu'ils vous rejoignent là-bas. Quelqu'un a-t-il prévenu les propriétaires ? demanda Anna.

—Non, je vais appeler les jumelles. Attends. Éloignant le téléphone de ma bouche, j'appelai : —Les filles, s'il vous plaît, allez au bureau et informez-les de ce que vous avez trouvé.

Mon estomac se tordait. Je n'avais pas vraiment hâte d'examiner de plus près le cadavre. Liam se dirigea vers la rangée suivante, et je le suivis, tous deux regardant vers le bas. J'ai immédiatement reconnu le visage de l'homme.

—Dis-moi tout ce que tu peux voir, dit Anna, d'un ton factuel et professionnel.

—Eh bien, c'est Vernon Smitty, dis-je.

Vernon était marié à Tanya Smitty, une enseignante au lycée de Charm Cove connue pour être excessivement stricte. Je ne connaissais pas très bien Vernon. La famille Smitty était à Charm Cove depuis des siècles. Cependant, aucun membre de la famille n'était sorcière ou sorcier, et ils étaient très méfiants à l'égard des rumeurs sur le surnaturel.

Liam se pencha, jetant un coup d'œil par-dessus son épaule après un moment. —On dirait que quelqu'un l'a frappé à la tête.

Je répétai cela à Anna. Vernon était entouré de citrouilles, mais il semblait qu'il en avait choisi une car c'était la seule coupée de sa tige et posée juste à côté de son bras replié comme s'il l'avait bercée. Exactement comme Liam tenait la citrouille que nous avions choisie.

—Daniel est en route et il aura du renfort avec lui. Je te garde en ligne. Parle si tu as besoin de quelque chose. En attendant, je vais taper tout ce que tu m'as dit, dit Anna.

Je pouvais entendre le clic distinct quand elle me mit en haut-parleur et le bruit de ses doigts volant sur le clavier. Des voix traversaient le champ de citrouilles. En me retournant, je vis les jumelles avec les propriétaires de Peaches' Pumpkins se dépêchant vers nous à travers le champ.

Je ne saurais dire pourquoi, mais j'avais le sentiment que ce cadavre n'avait rien à voir avec la magie, et tout à voir avec des ennuis.

CHAPITRE DEUX

— Je sais que c'est l'une de ces sorcières ! s'exclama une voix.

En me tournant vers l'entrée, je vis Mme Smitty faire irruption dans le commissariat de Charm Cove. Ses cheveux bruns habituellement bien coiffés, qu'elle gardait tirés en un chignon si serré qu'il devait être douloureux, se défaisaient avec quelques mèches tombant mollement autour de son visage. Sa peau pâle était marbrée de taches rouges, et ses lunettes noires carrées étaient de travers sur son visage.

— Bonjour, Mme Smitty, dit Anna Goodness depuis derrière le comptoir d'accueil. Son ton était apaisant et calme. Venez par ici. Elle se leva pour contourner son bureau et glissa sa main sous le coude de Mme Smitty pour la guider à travers la salle d'attente.

Considérant que Mme Smitty venait d'apprendre que son mari avait été retrouvé mort dans un champ de citrouilles, son état négligé était certainement justifié. C'était totalement hors de caractère pour elle de mentionner quoi que ce soit à propos des sorcières. À ma connaissance, la famille Smitty ne croyait pas au surnaturel, malgré les rumeurs qui circulaient à Charm Cove. Qu'elle arrive et annonce immédiatement qu'une sorcière devait être responsable de la mort de son mari était à la fois préoccupant et étrange.

Celia et Delia étaient assises silencieusement à côté de Liam et moi. Liam se pencha vers moi. — Ne commence même pas à t'inquiéter, me chuchota-t-il à l'oreille. Daniel sait évidemment qu'aucune sorcière ne choisirait d'assommer quelqu'un pour le tuer.

— Je sais, murmurai-je en retour, croisant son regard assuré. Mais c'est nous qui avons trouvé son corps. Trois sorcières et un sorcier. Je soupirai doucement, levant les yeux quand la porte de l'arrière s'ouvrit tandis qu'Anna escortait Mme Smitty dans le couloir.

Plusieurs heures s'étaient écoulées depuis que Celia avait trébuché sur le corps de Vernon Smitty. Un coup d'œil par la fenêtre montrait la nuit tombante avec les dernières traînées d'or et d'orange du soleil couchant qui s'estompaient. Après la macabre découverte, nous avions attendu dans le champ de citrouilles que la police arrive. Daniel Levesque, le chef de la police de Charm Cove, accompagné de deux de ses adjoints, avait interrogé toutes les personnes présentes. Ils avaient chargé le corps pour transporter Vernon à l'autopsie et avaient demandé à tous les présents de venir au commissariat pour d'éventuelles questions complémentaires.

Selon Daniel, nous serions libres de partir sous peu. Delia balançait ses pieds d'avant en arrière à côté de moi, sa nervosité apparente.

— Je ne savais pas que c'était le mari de Mme Smitty, dit-elle doucement.

Mme Smitty avait été l'une de leurs professeurs les moins appréciées cette année-là. Elle était connue pour être très stricte. Quand les jumelles étaient ensemble en classe, il y avait toujours un risque qu'elles causent quelques bêtises. Inutile de dire que Mme Smitty avait peu de patience pour elles.

Je passai mon bras autour des épaules de Delia et lui fis une rapide étreinte. Quelques instants plus tard, la porte du fond s'ouvrit à nouveau, et Daniel apparut. Comme il n'y avait personne d'autre dans la salle d'attente, il s'avança, refermant doucement la porte derrière lui et traversant la pièce.

S'arrêtant devant nous, il passa une main dans ses cheveux bruns, ses yeux de la même couleur graves. — Je pense que nous avons terminé. Vous êtes tous libres de partir. Il fit une pause, regardant Celia et Delia. — Vous deux, ça va ?

Elles haussèrent les épaules à l'unisson. — Nous irons bien, mais je préférerais ne pas trouver un autre cadavre, offrit Celia tandis que Delia acquiesçait.

Liam se leva, entrelaçant ses doigts aux miens tandis que je me tenais à côté de lui. — J'ai dit à Moira qu'elle ne devait pas s'inquiéter des accusations de la femme de Vernon à propos des sorcières. Je présume que vous en arriveriez à la conclusion évidente que, puisque Vernon a manifestement reçu un coup à la tête, son meurtre n'avait rien à voir avec la magie.

Daniel nous regarda tour à tour. Bien que Daniel ne soit pas un sorcier, il était marié à ma meilleure amie, Zoe, qui se trouvait être une sorcière puissante à part entière. — Bien sûr, c'est une conclusion logique. Nous devrons attendre l'autopsie et continuer à partir de là. Pour l'instant, nous avons une enquête devant nous. Je n'ai pas d'autres questions pour le moment. Veuillez me tenir informé si vous entendez quoi que ce soit.

Au moment où nous partions, Lea et Jacob Good arrivaient. Ils étaient venus chercher leurs filles, les jumelles. Ils avaient passé la journée à Portland et il leur avait fallu tout ce temps pour revenir quand nous les avions appelés pour les informer de ce qui s'était passé.

Alors que nous sortions sur les larges marches de granit menant à la porte, Lea se précipitait sur le chemin avec Jacob qui avançait d'un pas plus mesuré derrière elle. — Oh, les filles ! s'exclama-t-elle en les rejoignant, les attirant immédiatement dans une étreinte collective.

Jacob s'arrêta à côté d'elles, attendant que sa femme ait fini de réconforter les jumelles avant de se pencher pour déposer un baiser sur chacune de leurs joues. — Comment ça va ? demanda-t-il, d'un ton calme.

— Eh bien, c'était effrayant, dit Delia. Et nous avons attendu pendant des heures.

— Pouvons-nous rentrer à la maison ? demanda Celia.

— Bien sûr, répondit Lea, se tournant vers Liam et moi. Pourquoi ne viendriez-vous pas à la maison pour un café ?

— Je prendrai volontiers le café, mais je meurs aussi de faim, répondis-je.

— Et si nous prenions des pizzas en chemin ? suggéra Liam. Aucun d'entre nous n'a mangé ce soir, et j'imagine que les filles sont affamées.

Elles hochèrent la tête à l'unisson, et je me tournai vers Lea et Jacob. — Nous vous y retrouverons dans peu de temps.

———

Un peu plus tard, nous étions assis dans la cuisine de Lea et Jacob. Les jumelles avaient englouti leur pizza et étaient montées dans leur chambre. Elles étaient, de façon compréhensible, épuisées après une après-midi aussi traumatisante et éprouvante.

Lea nous lança depuis le comptoir où elle se tenait : — Le café est presque prêt.

Jacob s'adossa à sa chaise, ses cheveux scintillant sous les lumières. Il avait une allure plutôt imposante avec ses cheveux argentés, ses yeux bleu vif et ses traits anguleux. Grand et mince, il portait presque toujours un pantalon habillé avec un blazer. Il s'était débarrassé de sa veste et avait retroussé les manches de sa chemise.

Les bracelets de Lea tintaient tandis qu'elle traversait la pièce pour rejoindre la table où nous étions assis près des fenêtres. Leur maison était située sur une falaise rocheuse surplombant l'océan. Ce soir, l'océan était noir dans l'obscurité, la lune traçant un chemin miroitant sur sa surface.

Les cheveux autrefois noirs de Lea étaient maintenant striés d'argent et retenus par une barrette. Elle portait une longue jupe qui tournoyait autour de ses chevilles, des boucles d'oreilles pendantes et des bracelets argentés. Elle posa le plateau de café sur la table et plaça rapidement des tasses devant chacun de nous avant de s'asseoir.

— Je n'arrive pas à croire que Vernon Smitty est mort, annonça-t-elle, entrant directement dans le vif du sujet. Nous étions restés discrets à ce sujet pendant que les jumelles mangeaient. D'un commun accord tacite, nous avions tous supposé qu'elles en avaient assez entendu pour la soirée.

— Je ne sais même pas quoi penser. Je marquai une pause et pris une gorgée de mon café, savourant sa saveur riche. — Et pourquoi diable Mrs. Smitty dirait-elle qu'elle pense que cela a un rapport avec les sorcières ? demandai-je, jetant un regard à Liam assis à côté de moi.

Lea inclina la tête, haussant un sourcil. — Quand a-t-elle dit cela ?

— Quand elle est venue au poste de police ce soir. Toute la famille Smitty garde un silence de mort sur les diverses rumeurs concernant les sorcières et les sorciers, et ça a toujours été le cas. Cette famille est dans cette ville depuis des siècles. Il ne fait aucun doute qu'ils ont une idée de notre présence ici, surtout après l'épisode des marguerites du printemps dernier.

Jacob posa sa tasse et secoua légèrement la tête. — Oh oui, cet incident n'a pas vraiment aidé à étouffer les rumeurs.

Lea soupira. — C'est vrai. Des marguerites recouvrant toute la ville, et Charm Cove faisant la une des journaux. Quel désastre. Je n'arrive toujours pas à croire que nous ayons réussi à trouver une explication plausible.

— Il y avait une explication plausible ? rétorqua Liam d'un ton sec. Pas à ma connaissance. Ils ont parlé d'un phénomène étrange. Ce n'est pas une explication.

Lea plissa les yeux et pinça les lèvres. — Tu marques un point. Je suppose que c'est une bonne chose que personne n'ait découvert ce qui s'est réellement passé.

— En effet, deux sorcières qui se jettent des sorts par dépit pour se venger l'une de l'autre pour une bêtise, ajoutai-je. Quoi qu'il en soit, le sujet qui nous préoccupe est la mort de Vernon Smitty, et le fait qu'il semble avoir été assassiné. Nous n'avons même pas eu nos citrouilles.

Les citrouilles semblaient être un détail futile sur lequel se concentrer, mais je ne voulais vraiment pas penser à la vision du corps de Vernon, et mon cerveau s'éparpillait, se focalisant sur n'importe quoi d'autre. Liam passa son bras autour de mes épaules, les serrant doucement, son contact apaisant.

— Une idée de la raison pour laquelle quelqu'un voudrait tuer Vernon ? demanda-t-il.

Jacob secoua la tête. — J'y réfléchis depuis que vous nous avez appelés pour nous informer de ce qui s'était passé. Pas que je sache. La famille a toujours vécu en retrait. Ils s'occupent principalement de leurs affaires.

— Les filles n'étaient certainement pas fans de Mrs. Smitty quand elle était leur professeur, mais personne ne l'aime vraiment. Elle enseigne depuis si longtemps, je ne pense pas que quelqu'un s'en prendrait à Vernon parce qu'elle est si stricte, proposa Lea. — Je vais commencer à me renseigner demain. Quelqu'un doit savoir quelque chose.

— Quelqu'un sait toujours quelque chose, dis-je. Honnêtement, je préférerais largement gérer des choses comme des marguerites plutôt qu'un meurtre. C'est effrayant.

CHAPITRE TROIS

Le jour suivant, meurtre présumé mis à part, les affaires reprenaient leur cours normal à Charm Cove. C'était une matinée fraîche d'automne avec des nuages qui filaient dans le ciel. Le vent soufflant de l'Atlantique faisait tourbillonner des feuilles aux couleurs vives tandis que je traversais en hâte la place du village.

Charm Cove possédait une place typique de la Nouvelle-Angleterre, un carré parfait avec un grand sapin baumier en son centre. Des sentiers pavés de dalles d'ardoise traversaient la place en diagonale.

— Moira ! m'appela une voix.

En me retournant, j'aperçus Beatrice Powers qui tournait à l'angle près du bel abreuvoir en marbre sculpté, qui avait été transformé en fontaine. Je changeai de direction pour la rejoindre là où elle s'arrêta brusquement devant moi.

— Où est ton groupe ce matin, Beatrice ? demandai-je avec un sourire.

Beatrice me rendit mon sourire. — Oh, il fait plus frais. Il s'avère que ce matin, j'étais la seule partante pour la marche rapide, expliqua-t-elle. Pendant les mois les plus chauds, Beatrice dirigeait un groupe de marcheurs sportifs, qui gonflait jusqu'à une dizaine de personnes ou plus en été et diminuait dès que le temps se rafraîchissait.

— Ah, tout le monde ne peut pas s'adapter aux changements de temps, répondis-je.

Beatrice ajusta la fermeture éclair de sa veste polaire rose vif. Ses cheveux argentés étaient coupés courts et ses yeux bruns pétillants. — J'ai entendu dire que tu as eu une après-midi et une soirée mouvementées hier, commença-t-elle, sautant les politesses d'usage.

— Mouvementées, c'est une façon de le dire. Je suppose que tu fais référence à la découverte du corps de Vernon Smitty chez Citrouilles de Peaches.

— Bien sûr. J'ai dû recevoir une dizaine d'appels à ce sujet hier soir.

Je soupirai. — Je ne sais même pas quoi en penser. Pour autant que je puisse dire, rien de sorcier là-dedans. Avec tous ces appels, as-tu entendu quelque chose d'utile ?

Beatrice secoua la tête. En tant que sorcière puissante, elle avait tendance à garder l'oreille au sol et à découvrir les choses avant tout le monde. — Rien de plus que toutes sortes de spéculations. J'ai entendu dire que Mme Smitty s'est présentée au poste en lançant des accusations aléatoires contre les sorcières.

— Oui, c'était si étrange. Cette famille agit généralement comme si les sorcières n'existaient même pas. J'ai été un peu surprise qu'elle prenne cet angle.

— Eh bien, Mme Smitty fait comme si elle ne connaissait rien aux sorcières, mais elle n'est pas stupide. Cette famille est à Charm Cove depuis des siècles. Elle est plutôt critique. Malheureusement, je suis sûre qu'elle est dévastée, répondit Beatrice.

— Bien sûr. Son mari est mort.

— As-tu vu quelque chose d'utile sur les lieux ?

— Pas que je puisse dire, sauf qu'il semblait avoir été assommé et qu'il tenait une citrouille. Cela dit, je n'imagine pas pourquoi quelqu'un se trouverait là-bas s'il n'y allait pas pour chercher des citrouilles.

Beatrice pinça les lèvres. — Exactement. Bon, si j'entends quelque chose, je te le ferai savoir. Il doit y avoir une raison pour laquelle quelqu'un voulait sa mort. C'est à nous de la découvrir.

— Daniel dirait que c'est à lui de le faire, suggérai-je.

Beatrice arqua un sourcil. — Daniel peut mener son enquête. Je sais qu'il est bon dans son travail, mais il a une vision assez étroite des choses, et je ne parle *pas* seulement des sorcières et des sorciers.

Je secouai la tête. — Ne lui en veux pas trop, Beatrice. Il est plutôt tolérant avec ceux d'entre nous qui ont tendance à mettre leur nez dans ses enquêtes.

Beatrice rit, devenant rapidement plus sérieuse. — Je suis d'accord. C'est le premier véritable meurtre auquel Charm Cove est confrontée depuis longtemps. Ce qui est arrivé à Albert l'été avant dernier ne compte pas car c'était un accident.

— C'est vrai. Je dois me rendre à la boutique. Je suis sûre qu'on se reparlera bientôt. Content de t'avoir vue.

Beatrice me fit un rapide signe de tête et accéléra le pas en s'éloignant. En me retournant pour continuer ma traversée de la place, je me souvenais de l'été avant dernier, l'été qui m'avait ramenée chez moi.

Le tout premier jour de mon arrivée, un cadavre avait été découvert dans la fontaine. Quand tout a été dit et fait, la mort d'Albert avait été le résultat d'un triangle amoureux compliqué, mais c'était néanmoins un accident. L'image du corps sans vie de Vernon traversa à nouveau mon esprit. Même si je préférerais penser à autre chose, je savais que ce sujet reviendrait encore et encore sur le tapis.

Alors que je tournais la clé dans la serrure de la vieille porte ornée de Potions & Cadeaux Pointilleux, une goutte d'eau froide tomba sur ma nuque et coula le long de ma colonne vertébrale. Je frissonnai et m'écartai de la porte pour lever les yeux. L'enseigne fantaisiste violette était aussi éclatante que d'habitude, mais mon regard se posa sur une fine fissure dans la gouttière. Faisant mentalement une note pour demander à Liam de passer la réparer, je poussai la porte, la verrouillant derrière moi pour me donner quelques minutes de préparation avant d'ouvrir la boutique.

Les familles Wicked et Good avaient toutes deux investi dans cette boutique. Elle avait été fondée à l'origine par ma famille, les Wicked, il y a plusieurs siècles, quand Charm Cove n'était qu'une ville naissante. Comme son nom l'indiquait, nous vendions des potions et des cadeaux. Cela dit, de nos jours, la plupart des gens supposaient que la partie

« potions » du nom n'était qu'une charmante métaphore. Ils ignoraient que de véritables sorcières fabriquaient les remèdes à base de plantes que nous vendions ici, tous imprégnés d'une pincée de magie.

L'histoire de Charm Cove était haute en couleur. Les familles Wicked et Good s'y étaient installées au début de l'hystérie des sorcières à Salem, Massachusetts. Une matriarche avait prévu ce qui allait arriver et nos familles avaient déménagé pour sauver nos lignées. Nos deux familles s'étaient rapidement retrouvées dans une querelle acharnée. Pendant ce temps, d'autres familles de sorcières et de sorciers arrivaient en masse pour y trouver refuge également.

Ce qui était autrefois connu sous le nom de North Salem a été incorporé à Charm Cove comme moyen de séparer la ville de tout lien avec Salem. Des siècles plus tard, la ville était encore petite, bien que beaucoup plus animée. Ce qui avait été jadis une ville exclusivement de sorcières et de sorciers comprenait maintenant pas mal de personnes non-surnaturelles. Certains connaissaient nos pouvoirs, mais nous gardions les choses discrètes la plupart du temps. Des événements occasionnels se produisaient, comme le spectaculaire des marguerites du printemps dernier, qui avait attiré un peu plus d'attention indésirable que ce dont la ville avait besoin.

Mes inquiétudes persistaient concernant les commentaires de Mme Smitty hier soir, mais je les ai mises de côté. J'avais du travail à faire. J'ai marché rapidement vers le côté du magasin pour contourner la vitrine qui servait de comptoir, traversant le rideau de perles pour accéder à l'espace de stockage et de travail à l'arrière.

Allumant les lumières d'un geste, un rapide coup d'œil m'a indiqué que rien n'avait été dérangé depuis la veille. D'un mouvement de poignet, j'ai supprimé le sort de protection sur la porte arrière et j'ai saisi le tiroir-caisse pour le porter à l'avant. Une fois la caisse enregistreuse allumée, j'ai retourné l'écriteau sur « ouvert » et déverrouillé la porte à nouveau. J'ai pris les premières minutes pour m'affairer à l'avant, arrangeant les bijoux dans les vitrines et rangeant les étagères.

Nous vendions de nombreux cadeaux, de petits objets artistiques, et des bijoux amusants et originaux fabriqués sur mesure pour le magasin, tous enchantés pour nos clients, à leur insu.

De loin, nos articles les plus populaires étaient dans notre section de remèdes à base de plantes. Nous vendions une variété de potions. Les favorites étaient *L'Amour fait tourner le monde, L'Amour trouvera un chemin,* et *Vous êtes en colère contre quelqu'un ? Brisez cette bouteille.* Nous avions appris que des noms directs augmentaient les ventes.

Autrefois, c'était de notoriété publique parmi les habitants que c'étaient de véritables potions. Depuis un siècle environ, cette connaissance était gardée secrète et connue uniquement des vraies sorcières et des vrais sorciers.

L'engouement pour tout ce qui est spirituel nous avait rendu un énorme service. Nous étions incroyablement populaires auprès des voyageurs du monde entier qui venaient acheter nos remèdes. Nous les vendions aussi en ligne et devions gérer l'approvisionnement car nous ne pouvions fabriquer que de petits lots avec de la vraie magie.

Actuellement, j'étais entièrement responsable de la gestion du magasin. C'était l'endroit que j'avais fui quand j'étais plus jeune et submergée par le poids de la magie. La vie faisait souvent un tour complet.

J'étais en train d'arranger quelques baguettes décoratives dans un vase à côté de la caisse quand la clochette a tinté au-dessus de la porte. J'ai levé les yeux pour voir ma mère, Camille Wicked, entrer. Elle partageait mes traits avec ses cheveux autrefois noirs maintenant largement strié d'argent, mais ses yeux verts toujours aussi vifs.

— Bonjour, ma chérie, a-t-elle lancé en essuyant ses bottines sur le paillasson devant la porte avant de traverser le magasin pour appuyer sa hanche contre le comptoir en face de moi.

— Salut, Maman. Comment vas-tu ce matin ?

— Je vais très bien, à l'exception du fait qu'apparemment nous avons eu un meurtre à Charm Cove hier.

J'ai soupiré. — Je sais. Comme je te l'ai dit quand je t'ai appelée hier soir, c'était assez choquant et traumatisant pour les jumelles de voir le corps.

— Bien sûr que ça l'était. Pour toi aussi, ma chérie. Je veux dire, j'approche la soixantaine, et j'ai vu beaucoup de choses dans ma vie, mais je n'ai pas besoin de voir un cadavre. Tu vas bien ?

Les bracelets de ma mère ont tinté alors qu'elle levait une main, desserrant l'écharpe violet vif enroulée autour de son cou. Peu importe la météo, elle avait toujours une touche de couleur et portait des écharpes toute l'année, de la soie légère et du coton pendant les mois plus chauds et de la laine en hiver. Le violet vif était très joli contre sa légère veste en laine gris anthracite assortie à son pantalon.

— Je vais bien, Maman. J'aurais préféré ne pas voir le cadavre de Vernon, mais ça va. As-tu eu l'occasion de parler à Lea ce matin ?

— Je suis passée avant même que les jumelles ne partent pour l'école. Elles vont bien. Lea dit qu'elle leur a donné une potion pour les aider à dormir hier soir. Elles semblent un peu secouées, mais nous avons toutes deux pensé qu'il était préférable qu'elles aillent à l'école et aient une journée aussi normale que possible. Tu n'es pas d'accord ?

— Bien sûr. S'occuper leur fera du bien. Si elles ont le temps de réfléchir, avant qu'on s'en rende compte...

Quand mes paroles se sont éteintes, les lèvres de ma mère se sont retroussées en un léger sourire. — Oh oui. Si elles ont le temps de réfléchir, elles vont commencer leur propre enquête. En parlant de ça, as-tu des nouvelles de Daniel ? A-t-il des pistes ? Lea emmenait les filles à l'école, donc je n'ai pas eu beaucoup de temps pour discuter avec elle.

J'ai secoué la tête. — Hier soir, il n'avait rien proposé comme piste. Tout ce que nous savons, c'est que Vernon semble avoir reçu un coup très violent à la tête. Avec quoi, nous ne le savons pas.

— Lea a mentionné que Mme Smitty a déclaré que cela devait avoir un rapport avec les sorcières.

J'ai soupiré. — Oui, c'est vrai. Tu connais Daniel. Il était plutôt prudent concernant les pistes. Il a reconnu que rien de surnaturel ne semblait avoir causé la mort de Vernon, mais il n'a rien dit de plus. Cela ne signifie pas qu'une sorcière ou un sorcier n'aurait pas pu frapper Vernon à la tête, ai-je ajouté.

— Moira, ne commence pas. Je pensais que tu avais dépassé ta phase d'évitement de ton passé et de ton héritage. Je veux dire, mon Dieu, tu as admis que tu n'avais jamais cessé d'aimer Liam et vous êtes enfin mariés.

Elle devait *forcément* aller dans cette direction. J'ai levé les yeux au ciel. — Bien sûr que j'ai dépassé cette phase, Maman. Cela ne signifie pas que je crois que toutes les sorcières et tous les sorciers sont absous de tout comportement néfaste potentiel, comme le prouvent les derniers troubles auxquels nous avons dû faire face en ville. Les sorcières et les sorciers sont comme les gens ordinaires. Il y a des bons et des mauvais. Malheureusement, ils ont aussi des pouvoirs qui vont avec. Tu sais que Zoe essaiera déjà d'obtenir des informations de Daniel, et elle me tiendra certainement au courant, ai-je proposé, faisant référence à ma meilleure amie qui était mariée à Daniel.

Ma mère a acquiescé, comme si elle s'attendait à ce que Zoe fasse toujours cela. Le fait est que je m'y attendais aussi, donc je ne pouvais même pas lui en vouloir. — En attendant, je suggère que nous recueillions tous les potins, ai-je ajouté.

— Eh bien, je vais certainement éplucher les registres de propriété, commença ma mère. J'étais soulagée qu'elle ne s'attarde pas sur l'idée que je remettais encore en question mon héritage. Le seul détail que je connaisse de mémoire, c'est que le père de Vernon Smitty est décédé il y a six mois. Je n'ai jamais entendu parler de la lecture du testament, alors j'ai supposé que tout suivait simplement son cours. Mais ensuite, j'ai découvert que la propriété familiale est toujours bloquée. Avant de la vendre, ses grands-parents possédaient l'une des plus grandes exploitations forestières de la région. Je vais voir ce que je peux dénicher à ce sujet.

La clochette au-dessus de la porte tinta à nouveau, et cette fois un groupe de touristes entra. C'était la saison d'observation des feuilles dans le Maine, ce qui signifiait que nous étions submergés par les couleurs de l'automne et les touristes à la recherche de beaux panoramas. Avec Charm Cove situé à mi-chemin de la pittoresque côte du Maine, nous étions bien occupés.

Ma mère jeta un coup d'œil aux clients puis se retourna vers moi. — Je vais te laisser travailler, ma chérie. Prévoyons de dîner ensemble bientôt, d'accord ?

— Absolument. Je fis un signe de la main tandis que ma mère s'éloignait. — Comment puis-je vous aider ? demandai-je immédiatement quand une femme s'approcha du comptoir.

— J'aimerais beaucoup avoir quelques conseils sur les remèdes à base de plantes que vous pourriez me recommander, commença-t-elle. Mon mari et moi rencontrons quelques difficultés dans notre mariage.

Une amie m'a dit qu'elle avait essayé l'un de vos remèdes l'été dernier, et cela a fait une énorme différence dans son mariage.

— Voyons voir, dis-je avec un sourire en contournant le comptoir pour me diriger vers le présentoir de remèdes à base de plantes. Pour commencer, je vous recommanderais soit *L'Amour Trouvera Son Chemin* ou *Améliorez Votre Mariage*.

CHAPITRE QUATRE

—Je prendrai une pinte de la bière maison, dit Nathan, son regard s'attardant un peu sur le décolleté de la serveuse alors qu'elle se penchait pour déposer les menus au centre de la table.

Quand il releva les yeux, il croisa mon regard. Je réprimai un sourire et levai les yeux au ciel. Nathan Good, le cousin de Liam et maintenant mon cousin par alliance, me fit un clin d'œil rapide.

—Je prendrai un hamburger et des frites, annonça Liam quand la serveuse se tourna vers lui.

Son regard passa à moi. —Je prendrai le fish and chips, s'il vous plaît.

Nous étions à l'Enchanted Spirits, un bar local très prisé. Il était généralement bondé, quelle que soit la période de l'année. Ce soir, nous avions réquisitionné une grande table ronde dans le coin au fond. Outre Nathan, Liam et moi, mon frère aîné, Gabriel, était présent ainsi que mon autre frère, Cam. Ma cousine, Emma, et son petit ami, Jackson, s'étaient également joints à nous, avec Zoe et Daniel qui complétaient le groupe.

Après avoir pris nos commandes, la serveuse s'éloigna rapidement. Liam croisa le regard de Nathan et secoua la tête. —Eh bien, on dirait que tu as vite fait le deuil de l'amour de ta vie.

Nathan lui rendit son regard exaspéré et haussa les épaules. — Annette ne compte pas comme l'amour de ma vie. Elle m'avait jeté un sort.

Cam ricana en se penchant pour saisir le pichet de bière au centre de la table et se servir. —Sort ou pas, je suis soulagé que ce soit terminé.

C'était Cam qui avait retrouvé Nathan à Portland, complètement gaga pour cette sirène venue à Charm Cove en pensant qu'elle trouverait le sorcier Good prédestiné et s'immiscerait dans le mariage prophétisé. Il y avait eu un petit problème cependant. Elle avait jeté son dévolu sur Nathan, qui n'était *pas* le Good prédestiné. Elle avait aussi complètement mal interprété le fonctionnement du sort.

—Je me sens encore un peu ridicule à propos de toute cette histoire, ajouta Nathan. Il promena son regard entre Liam et moi. —Et je suis tellement soulagé que vous soyez mariés tous les deux. Je ne veux même pas imaginer ce qui aurait pu se passer si Annette avait réussi à jeter un sort d'amour sur Liam et gâché le mariage.

Daniel intervint, la seule personne à table qui ne se trouvait pas être une sorcière ou un sorcier. —Tu crois sérieusement qu'un sort vieux de quelques centaines d'années aurait pu déclencher à nouveau une querelle ?

Zoe lui donna un coup de coude. —C'est là que tu oublies que même les familles qui ne sont pas composées de sorcières et de sorciers peuvent se quereller pendant des siècles, et les choses peuvent devenir vraiment désagréables. Ajoute des pouvoirs surnaturels, et tu as un *vrai* problème, dit Zoe en glissant une de ses boucles brunes derrière son oreille.

Daniel baissa les yeux vers elle, souriant lentement. —Bien vu.

—Tu devrais savoir maintenant que j'ai généralement raison, ajouta-t-elle avec un sourire.

Daniel savait qu'il valait mieux ne faire rien d'autre que d'acquiescer à cette remarque.

Pendant ce temps, Gabriel éclata de rire. —Je dirais que Daniel sait parfaitement qu'il ne faut pas en douter. Avec un bébé en route, continue simplement à faire tout ce qu'elle dit, ajouta-t-il avec un clin d'œil en direction de Daniel.

Daniel sourit, passant son bras autour des épaules de Zoe et les serrant doucement.

—En parlant de faire ce que je dis, tu pourrais aussi bien nous mettre au courant, commenta Zoe avant de prendre une gorgée d'eau.

Le regard de Daniel devint plus sérieux. —À propos de quoi ? contra-t-il assez inutilement car nous savions tous exactement de quoi elle parlait.

Zoe roula des yeux et soupira. —Le meurtre. Celui dont personne n'arrive à se taire. *The Ink Spot* a déjà publié un article entier à ce sujet aujourd'hui sur leur site web.

Daniel gémit. —Je sais. Anna m'en a parlé et m'a envoyé le lien. Rien d'utile là-dedans. Honnêtement, je n'ai pas grand-chose. L'autopsie sera terminée demain après-midi, ce qui devrait confirmer la cause du décès. Sinon, nous recherchons toute information possible sur les raisons pour lesquelles quelqu'un aurait pu vouloir la mort de Vernon.

—Dis-moi que sa femme n'est plus obsédée par l'idée que c'est quelque chose de surnaturel, dis-je.

Daniel secoua la tête. —Je ne crois pas. Elle est très bouleversée, ce qui est compréhensible. Après lui avoir expliqué que tous les indices indiquaient que quelqu'un l'avait frappé à la tête, elle s'est mise à sangloter en se demandant qui aurait pu faire ça.

—Eh bien, n'est-ce pas justement toute la question ? intervint Emma.

—Bien sûr que ça l'est. Comme d'habitude, je sais que vous allez tous continuer à me harceler, et ça me va très bien. J'apprécierais certainement que vous me fassiez part de tout ce que vous entendez.

—Ma mère a mentionné quelque chose à propos des actes de propriété après le décès de son père. Tu en sais quelque chose ? demandai-je.

—Je sais certainement qu'il est décédé, parce que j'ai assisté à ses funérailles, dit Daniel. —Mais je n'ai pas entendu un mot à propos de son testament. J'ai demandé à Anna de se renseigner, et elle a fait une demande pour en obtenir une copie.

Notre serveuse revint, déposant un autre pichet de bière et promettant de revenir bientôt avec notre nourriture.

—Ils possèdent certainement beaucoup de propriétés, commenta Cam avant de s'arrêter pour avaler une gorgée de sa bière. —Les gens peuvent devenir bizarres quand il s'agit d'argent.

—C'est une façon de le dire, et la propriété signifie de l'argent, ajouta Emma.

———

—Aah ! Je fis un bond en arrière, observant les deux campagnols soigneusement déposés juste à l'extérieur de la porte, sur la véranda grillagée du pont arrière.

Ghost, mon chat blanc au nom si bien choisi, passa devant moi d'un pas élégant, la queue dressée fièrement et frétillante dans l'air.

—Merci, Ghost, ajoutai-je, maintenant que je m'étais remise de ma surprise momentanée face à ses cadeaux du matin.

Je me suis penchée, j'ai soulevé la paire de campagnols morts par la queue et j'ai traversé le pont en bois gelé, pieds nus, pour les jeter dans les arbres à côté de la maison. J'espérais qu'une créature viendrait bientôt s'en occuper, pour ne pas vexer Ghost. En me retournant, je me suis appuyée contre la balustrade un moment. Une brise venait de l'océan derrière la maison, apportant une bouffée d'air salé et iodé sur la terrasse.

J'ai pris une inspiration, savourant l'air vif. Commençant à avoir froid, je suis retournée à l'intérieur, remarquant que mes pieds laissaient des empreintes sur le pont glacé. De retour dans la cuisine, j'ai fermement refermé la porte derrière moi, puis j'ai traversé la pièce principale jusqu'à l'entrée pour prendre une paire de pantoufles dans le placard près de la porte.

Liam et moi vivions dans une ancienne remise à calèches sur la propriété de mes parents, que ma grand-mère m'avait léguée avant son décès. Nous prévoyions de construire une maison sur un terrain que Liam possédait un peu plus loin sur la route, mais ce ne serait pas avant l'année prochaine.

La remise à calèches était ouverte et aérée. L'espace, qui avait effectivement autrefois abrité des calèches, avait été transformé en maison. Le rez-de-chaussée comprenait un salon et une cuisine avec un plafond élevé. Des fenêtres allant du sol au plafond à l'arrière offraient une vue sur la pelouse, les arbres et la plage rocailleuse, laissant la lumière du soleil inonder la maison. De larges planches de bois dur brillaient sous cette luminosité. Un escalier en colimaçon sur un côté menait à une mezzanine à l'étage avec deux chambres et une salle de bain.

Glissant mes pieds dans les pantoufles, je suis allée jusqu'à la cuisine et j'ai ouvert un placard pour sortir la nourriture en conserve préférée de Ghost. Il a laissé échapper un ronronnement sonore en sautant sur le rebord de la fenêtre où nous gardions sa nourriture et son eau. J'ai mis un peu de nourriture dans son bol et je l'ai gratté sous le menton avant de me tourner pour préparer le café.

—Bonjour, a lancé Liam en descendant les escaliers.

Levant les yeux, j'ai souri. J'avais tendance à me réveiller plus tôt que lui et je m'étais déjà douchée. Ses cheveux étaient humides et ses yeux brillants lorsqu'il s'est approché de moi, se penchant pour déposer un baiser sur ma joue.

—Ghost nous a apporté deux campagnols ce matin, ai-je dit avec un sourire.

Liam a ri doucement. —Ah, on en a chacun un. C'est ce qu'on a pour le petit-déjeuner ? a-t-il plaisanté.

—J'espère qu'un oiseau affamé viendra les chercher dans les arbres avant que Ghost ne se rende compte qu'on a refusé ses cadeaux.

—Cam m'a envoyé un message pour me dire que Gabriel et lui passeraient nous voir.

—C'est dimanche. Je suis sûre qu'ils espèrent que je vais leur préparer le petit-déjeuner, ai-je dit en secouant la tête.

—C'est certain. Tu as deux frères célibataires qui vivent actuellement ensemble. Je n'ai jamais connu l'un ou l'autre comme étant un cuisinier extraordinaire.

J'ai levé les yeux au ciel et souri. —Non, c'est vrai. Je vais faire des omelettes, ai-je dit en me tournant pour ouvrir le réfrigérateur et fouiller pour voir ce que je pourrais trouver.

Comme sur commande, quelques minutes plus tard, on a frappé à la porte, et mon frère Cam est entré le premier. —Bonjour, les tourtereaux, a-t-il lancé en entrant dans le salon, Gabriel le suivant à l'intérieur.

Une rafale de la fraîche brise automnale est entrée avec eux. Ghost a levé les yeux de l'endroit où il s'était installé au soleil sur le rebord de la fenêtre, comme légèrement contrarié par cette perturbation dans son atmosphère chaleureuse.

—Salut, les gars, ai-je lancé. —Vous aurez droit à des omelettes pour le petit-déjeuner aujourd'hui.

Étant bien dressés, ils ont accroché leurs vestes aux crochets près de la porte avant de traverser le salon et de rejoindre Liam sur les tabourets entourant l'îlot de la cuisine.

—Peut-on commencer par un café ? a demandé Gabriel.

—Heureusement, j'en ai fait une cafetière entière avant même de savoir que vous veniez, ai-je répondu.

Liam a servi le café à tout le monde, puis a coupé des tomates et des épinards pour accompagner la feta des omelettes. Je découvrais que la vie de couple me convenait. Liam m'aidait généralement dans tout ce que je faisais, et nous travaillions bien ensemble.

Quelques minutes plus tard, une fois que nous étions tous assis avec le petit-déjeuner prêt, j'ai regardé Cam. —Alors, tu reviens vraiment t'installer ici ? Tu rends Maman folle à ne pas te décider.

Cam était l'un de mes frères du milieu. Il avait récemment terminé ses études et envisageait de revenir vivre à Charm Cove. Nous partagions tous les mêmes traits - des cheveux presque noirs et des yeux verts.

Cam a souri. —Je ne me rendais pas compte à quel point c'était pratique pour moi quand tu étais partie. Maman était tellement concentrée à vous remettre ensemble tous les deux. Maintenant que vous vous êtes mariés, elle se concentre sur moi.

Gabriel a ri et lui a donné un coup de coude. —Tu vois ? Je suis revenu à la maison et maintenant elle me laisse tranquille. J'attends de voir qui elle va décider de marier ensuite.

—Sérieusement, c'est quoi ton plan, Cam ? ai-je interrompu.

—Je rentre à la maison. Je le lui dirai quand on ira dîner ce soir. Vous serez là pour le dîner, n'est-ce pas ? a demandé Cam, jetant un regard entre Liam et moi.

—On sera là, ai-je répondu. —Tu pourrais échapper à sa surveillance à cause de la mort de Vernon.

Tout le monde s'est immédiatement assombri.

—Je n'arrive pas à croire que les jumelles aient trouvé son corps, a dit Gabriel, secouant lentement la tête avant de s'arrêter pour boire une gorgée de café entre deux bouchées.

—Tu as pris des nouvelles des jumelles depuis l'autre jour ? a demandé Liam, ses yeux croisant les miens.

—Je voulais passer les voir hier après le travail puisqu'on n'avait pas fait le trajet ensemble, mais Lea est passée avec les filles dans l'après-midi. Je pense qu'elles vont bien, mais ça a été un choc pour nous tous.

—Maman est déjà en train de chercher les registres fonciers, a commenté Cam.

—Oh oui, elle a trouvé quelque chose d'utile, a ajouté Gabriel.

—Quoi donc ? ai-je demandé.

—Le testament du père de Vernon a été scellé pendant six mois après sa mort, donc la propriété a été bloquée dans une période de non-vente. Selon les registres, il est prévu d'être examiné avec la famille la semaine prochaine, a expliqué Gabriel.

—Tu es sérieux ? ai-je interrompu.

—Complètement. Si tu veux mon avis, c'est probablement lié à sa mort. Avant même que tu ne demandes, Maman est en route pour voir Daniel aujourd'hui. Même si c'est dimanche, il a dit qu'il la rencontre-rait au commissariat.

—Eh bien, *ça*, c'est certainement quelque chose à examiner pour lui, a commenté Liam.

À ce moment-là, Ghost nous a interrompus en sautant sur le comp-toir et en essayant de voler un morceau de bacon de Cam. Sans plus de spéculations sur le meurtre, la conversation s'est orientée vers des sujets plus légers, notamment où Cam allait habiter. Gabriel était en pleine rénovation de la maison située sur la propriété dont il avait hérité d'un de nos oncles éloignés.

—Je devrais pouvoir déménager d'ici la fin du mois. Ensuite, la maison du gardien sera toute à toi, a proposé Gabriel.

—Eh bien, c'est ce que je ferai. Je dois régler quelques détails et emballer ce qui me reste en stockage à Boston, mais c'est tout, a répondu Cam.

—Maman va être aux anges. Deux de ses garçons enfin de retour à la maison, ai-je dit avec un sourire. —Que comptes-tu faire comme travail ?

—Je vais trouver. Papa dit que je peux toujours aider avec l'entreprise familiale, et il y a toutes les propriétés que Maman gère. En attendant que quelque chose d'autre se présente, c'est ce que je ferai.

Mon téléphone sonna, et je jetai un coup d'œil à l'écran. —Oh non, il faut que je passe au magasin. Lea a oublié ses clés à la maison et elle déposait les jumeaux pour ouvrir ce matin.

—Je t'emmène, proposa Liam. J'ai quelques courses à faire de toute façon. Pourquoi ne pas les aider à ouvrir, puis on ira à l'épicerie ?

—Parfait. Les gars, vous voulez nettoyer après notre départ ? demandai-je, jetant un regard entre mes frères.

Ils savaient qu'il ne fallait pas mordre la main qui les nourrissait, parfois littéralement. Ils hochèrent tous deux docilement la tête.

—Doit-on laisser sortir Ghost avant de partir ? demanda Cam en se levant pour rassembler les assiettes.

—Bien sûr que non. Il a sa chatière près de la véranda, donc tout est réglé.

En un rien de temps, Liam et moi faisions au revoir de la main et nous dirigions vers la ville ensemble. Dans cette partie de Charm Cove, beaucoup de maisons étaient des demeures coloniales d'origine construites à la fin du XVIIe et au début du XVIIIe siècle. Pendant que Liam conduisait, j'observais les maisons familières et regardais le paysage défiler. Le vent arrachait les feuilles des arbres et ridait la surface de l'océan.

Mon regard s'arrêta sur un véhicule inconnu garé au bout d'une longue allée. Me tournant vers Liam, je demandai : —N'est-ce pas la propriété du père de Vernon ?

Le regard de Liam s'y posa brièvement avant de revenir sur la route. —En effet. Je ne reconnais pas cette voiture, et toi ?

—Non plus. Il ralentit suffisamment pour que je puisse noter le numéro de la plaque d'immatriculation dans les notes de mon téléphone.

CHAPITRE CINQ

Meurtre à Charm Cove

Avec les nouvelles de vendredi dernier, et la veille de la Toussaint qui approche, aucune nouvelle avancée n'a été faite dans l'enquête sur le meurtre de Vernon Smitty.

Levant les yeux de ma tasse de café au Magic Beans et croisant le regard de Liam de l'autre côté de la table, je soupirai. — Sont-ils obligés d'être aussi dramatiques ? demandai-je.

Liam rit doucement en attrapant l'exemplaire du seul journal local de la ville, *The Ink Spot*. Le faisant pivoter sur la table, ses yeux parcoururent le titre.

— Oui, apparemment c'est nécessaire. Ils vendent des nouvelles, alors ils doivent les rendre excitantes, répondit-il en prenant une bouchée de son muffin à la citrouille épicée avant de me retourner le journal pour que je puisse finir ma lecture.

Baissant les yeux, je continuai à lire.

Comme rapporté ici même dans les pages du Ink Spot *vendredi soir dernier en ligne, Vernon Smitty a été retrouvé mort dans l'un des champs de citrouilles de Peaches' Pumpkins. Tous les rapports indiquent que quelqu'un l'a frappé à la tête. Notre journaliste s'est entretenu avec Daniel Levesque, chef de la police de Charm Cove, pour connaître les dernières nouvelles et développements. L'au-*

topsie confirme que M. Smitty a effectivement été tué suite à un traumatisme contondant à l'arrière de la tête.

D'après le Chef de Police Levesque, aucune arme du crime n'a été trouvée sur les lieux. « Nous ne pensons pas qu'une citrouille soit assez lourde pour causer ce type de blessure. Une citrouille se briserait probablement si une telle force était appliquée », a expliqué le Chef de Police Levesque.

Un expert reconnu en citrouilles pour l'une des foires agricoles de l'État a approuvé cette conclusion. M. Howards a expliqué : « Bien que les citrouilles puissent devenir assez grandes et lourdes, leur écorce se brisera si trop de force est appliquée. Toute citrouille qu'un humain pourrait soulever à hauteur suffisante pour frapper quelqu'un à la tête de cette manière serait de petite taille. Elle se briserait presque certainement. Je pense qu'il est important que personne ne présume qu'une citrouille puisse être responsable d'un tel meurtre. »

— Oh mon Dieu. Ils sont maintenant en train de disculper toutes les citrouilles potentielles d'être complices accidentelles de meurtre, dis-je en regardant Liam.

Je dus marquer une pause pour une gorgée de café et une bouchée de mon scone aux myrtilles. Bien que nous soyons en automne, et que la citrouille épicée — café, muffins, scones et autres — soit partout, la myrtille restait ma saveur préférée, et je m'y tenais.

— Jusqu'à ce que le meurtre soit résolu, *The Ink Spot* a beaucoup à écrire. Ils pourraient aussi bien écarter les citrouilles. Il y avait plein de citrouilles dans ce champ, proposa Liam d'un ton ironique.

— Je pense que nous devrions aller examiner cette vieille exploitation forestière abandonnée.

Le regard de Liam resta fixé sur le mien, et il haussa un sourcil. — Tu crois ?

J'acquiesçai. — La seule piste que nous ayons est ce testament scellé et l'énorme quantité de propriétés à hériter. Personne ne semble savoir à qui le père de Vernon les a laissées, alors je pense que nous devrions enquêter.

— J'ai une idée, dit une voix derrière mon épaule.

Je reconnus la voix d'Isobel Martin avant même de la voir. Alors que je commençais à me retourner, elle vint se placer à côté de notre table. — Ça vous dérange si je me joins à vous ? demanda-t-elle dans un chuchotement théâtral, assez fort pour que quiconque à proximité l'entende. Par chance, Magic Beans était assez bondé et les conversations bourdonnaient tout autour de nous.

Liam sourit, désignant d'un signe de tête la seule chaise vide restante à la petite table ronde. — Tu es la bienvenue, Isobel.

— Comment vas-tu ce matin ? ajoutai-je.

Isobel s'assit, se frottant les mains. Ses joues étaient roses et ses fins cheveux bruns légèrement ébouriffés et détachés de son chignon habituel, probablement à cause du vent dehors. Ses yeux bruns pétillaient tandis qu'elle se penchait en avant, ses joues se gonflant avec son sourire. — Eh bien, hormis le fait d'être assez triste pour la mort de Vernon Smitty, je vais très bien. Êtes-vous prêts pour Halloween ?

— Aussi prêts qu'on puisse l'être. Nous n'avons toujours pas de citrouilles, et je n'ai pas eu le courage de retourner chez Peaches' Pumpkins pour en chercher une, répondis-je.

Les yeux d'Isobel s'écarquillèrent, et son souffle sortit en un soupir surpris. — Voyons, vous allez ruiner leur commerce. Ma chère, je suis sûre que c'était traumatisant de voir un cadavre, mais ne laissez pas Peaches' Pumpkins avoir une mauvaise année. C'est leur *seule* saison d'affluence, dit-elle en levant les mains pour souligner ses propos.

Bien que je ne sois pas encline à être aussi dramatique qu'Isobel, elle *avait* raison. Jetant un coup d'œil à Liam, je dis : — Nous devrions y retourner et acheter quelques citrouilles. Je détesterais que cela affecte leur saison de citrouilles.

Isobel hocha la tête plutôt vigoureusement. Liam se contenta de sourire et répondit : — Bien sûr que nous irons chercher des citrouilles. Cela dit, je ne suis pas certain que les deux citrouilles que nous achèterons feront une énorme différence. Nous pouvons certainement encourager tous les autres à y aller.

— Faisons ça. Changeant de sujet, je me tournai vers Isobel. — Alors, que disais-tu ?

— Ah oui, c'est vrai. Elle se pencha en avant, posant ses coudes sur la table. — Comme vous le savez d'après ce que cet article dit juste là, commença-t-elle en tapotant du doigt le journal devant moi, le testament du père de Vernon a été scellé pendant six mois après sa mort. Il ne doit être lu que la semaine prochaine. Ma cousine — pas du côté sorcier, notez bien — est assistante juridique pour l'avocat qui s'occupe du testament.

Isobel était une sorcière. Ses pouvoirs étaient moyens par rapport à ce qu'on pouvait avoir, mais elle adorait souligner ce détail.

— Eh bien, que sait-elle ? demandai-je, allant droit à la question évidente.

— Vernon a *tout* obtenu. Genre, *tout*. Ses frères et sœurs s'en doutaient et ne sont pas ravis. Il y a aussi ce petit problème de dispute avec son frère aîné. Je suis sûre que vous êtes au courant de tout ça, dit-elle.

Je me tournai vers Liam. — Je ne suis au courant de rien. Y a-t-il quelque chose que je devrais savoir ?

Liam haussa légèrement les épaules. — Maintenant que tu en parles, commença-t-il, en regardant Isobel qui acquiesçait d'un signe de tête approbateur, c'était il y a quelques années, juste avant qu'ils ne ferment l'entreprise d'exploitation forestière. Vernon et son frère aîné ne s'entendaient pas très bien concernant la gestion, c'est pourquoi ils ont mis fin à l'activité. Le terrain avait déjà été largement exploité à ce moment-là. Apparemment, ils essayaient de conclure quelques affaires dans le nord, mais ce n'était plus pareil.

— C'est exact, confirma Isobel.

— Quel frère ? Il en a plusieurs, dis-je.

— Paul. Lui et Paul dirigeaient l'entreprise ensemble, dit-elle.

— Je suppose que tu vas parler à Daniel si ce n'est pas déjà fait, n'est-ce pas ? demandai-je.

— Je ne suis pas censée le savoir, dit-elle, son chuchotement théâtral s'élevant suffisamment pour attirer quelques regards curieux des clients à proximité.

— Isobel, il y a eu un meurtre. Le minimum que tu puisses faire, c'est d'aider Daniel pour qu'il puisse obtenir un mandat et mettre la main sur ce testament.

— Il n'a pas besoin de mandat ; ce sera public dans six jours, répondit-elle.

— Certes, mais et si l'auteur du crime utilise ce délai pour effacer ses traces ? ripostai-je.

— Oh ! souffla Isobel, portant sa main à sa poitrine. Tu as raison. Je vais devoir en parler à Daniel. J'y vais tout de suite, dit-elle en repoussant sa chaise et en se levant. Très heureuse de vous avoir vus tous les deux.

Avec un signe de tête, elle s'éloigna rapidement, serrant sa légère veste de laine autour de ses épaules en poussant la porte du café.

— Je me demande si ça mènera Daniel quelque part, médita Liam.

— Je pense que je devrais me téléporter dans l'exploitation forestière. Les nouvelles d'Isobel n'ont fait que renforcer ma curiosité concernant cette entreprise qui a été fermée.

Liam prit une lente gorgée de son café, un sourcil s'arquant au ralenti. Je ne doutais pas qu'il avait une opinion sur la question, et ce serait probablement que c'était trop risqué pour moi d'y aller.

L'un de mes pouvoirs, assez spécifique à ma personne, était justement que je pouvais me téléporter d'un endroit à un autre. Parfois, c'était très pratique.

— Pour quoi faire, Moira ? demanda-t-il en reposant sa tasse de café sur la table.

— Eh bien, ils sont fermés depuis des années. Le père de Vernon est mort il y a six mois, donc ce vieux bureau est simplement resté là. Es-tu déjà allé dans leurs locaux ?

Liam acquiesça, mais il n'ajouta rien de plus sur mon idée. J'insistai. — Il n'y aura personne là-bas. On peut se garer sur l'une des routes secondaires. Je me téléporterai à l'intérieur et jetterai un coup d'œil. Je serai de retour en un rien de temps.

Liam souleva à nouveau sa tasse de café et la vida. Après un moment de silence, il finit par hocher la tête. — D'accord. La seule raison pour laquelle j'accepte, c'est qu'il y a peu de risques. Demandons à l'un de tes frères de venir avec nous, pour que ce ne soit pas juste moi qui t'attends si quelque chose tournait mal.

Je levai les yeux au ciel. — Comme quoi ?

— Étant donné que Vernon a été assassiné, partons du principe que rien n'est vraiment sûr en ce moment. Nous n'avons aucune idée du mobile, ni même de qui l'a fait. Je suis d'accord que les bureaux de l'exploitation forestière sont probablement vides, mais soyons prudents.

— D'accord. Même si je ne pense pas que ce soit trop risqué, c'est définitivement effrayant que Vernon ait été assassiné. Je me dis juste que si je peux y aller, peut-être que je trouverai quelque chose d'utile.

— Tu sais, ce n'est pas comme si Daniel ne pouvait pas obtenir un mandat, suggéra Liam.

— C'est vrai, mais d'abord il a besoin d'une raison et d'une cause probable pour demander ce mandat.

Liam leva les yeux au ciel. — Très bien. Je sais que tu es déterminée à faire ça, alors quand ?

— Ce soir. Le plus tôt sera le mieux.

CHAPITRE SIX

— Tu sais, Moira, tu devrais enseigner ce sort à quelqu'un d'autre, suggéra Cam depuis la banquette arrière.

Jetant un coup d'œil par-dessus mon épaule, je répondis : — Tu sais bien que je ne peux pas faire ça. Nous n'avons pas tous les mêmes pouvoirs.

— C'est vrai, mais je suis ton frère, donc il est logique que cette possibilité existe.

Liam ricana. — Si seulement c'était aussi simple.

Cam avait le même pouvoir que notre frère Gabriel – la capacité de capturer un sort au moment où il était lancé et de l'annuler complètement. Il possédait aussi une trace du pouvoir de mon père qui permettait de détecter la présence de magie.

— J'ai besoin d'un petit rappel. Quelle route dois-je prendre pour aller aux bureaux de l'exploitation forestière ? demanda Liam en ralentissant sur l'autoroute.

Les milliers d'hectares appartenant à la famille Smitty comportaient de nombreux points d'entrée. Cela faisait des années que je n'étais pas allée aux bureaux de l'exploitation forestière. Le bureau et quelques autres bâtiments se trouvaient dans les bois, plus près des opérations d'abattage. Je me penchai en avant sur mon siège, scrutant les alentours à la recherche de repères. Nous étions à la périphérie de Charm Cove.

— Je sais que ce n'est pas sur cette route principale, offrit Cam depuis la banquette arrière.

— Je crois que tu dois prendre à gauche plus loin sur Blueberry Lane. Si je me souviens bien, ça mène à plusieurs de ces chemins forestiers, dis-je en indiquant le panneau de signalisation devant nous.

Le clignotant retentit dans la voiture tandis que Liam ralentissait pour tourner sur Blueberry Lane. Quelques minutes plus tard, il s'engagea sur un chemin de terre étroit bordé de jeunes arbres serrés de chaque côté. Avec le soleil qui se couchait au loin et la lumière qui devenait grisâtre, je n'avais pas beaucoup de temps, mais certainement assez pour entrer et jeter un rapide coup d'œil. Mon intention était surtout de récupérer tous les dossiers intéressants. En supposant qu'il reste encore des dossiers.

— Tourne là, dis-je en pointant vers un autre chemin de terre étroit devant nous.

— C'est bien la bonne route. Ça fait plus de cinq ans qu'on a fait une fête ici quand j'étais en terminale, mais je m'en souviens à cause de ce gros rocher, expliqua Cam en désignant l'énorme dalle de granit exposée sur la colline à travers une clairière dans les arbres.

— D'accord, tu prends ton téléphone, n'est-ce pas ? demanda Liam en tournant et ralentissant.

— Bien sûr, répondis-je. On dirait même que personne n'a conduit par ici depuis Dieu sait combien de temps. J'examinai les environs, observant les feuilles qui recouvraient la route et l'absence totale de traces de pneus récentes.

— Très bien, frangine, fais ton truc et fais vite. Je meurs de faim, alors je veux qu'on aille au Enchanted Spirits pour dîner et boire un verre.

Je levai les yeux au ciel en me tournant vers mon frère. — Bien sûr que je ferai vite, mais tu aurais pu manger avant qu'on vienne. Je me penchai pour déposer un baiser sur la joue de Liam. — Restez tranquilles. Je n'en aurai pas pour longtemps.

Fermant les yeux, je pris une profonde inspiration et visualisai le bureau de l'exploitation forestière dans mon esprit – un petit bâtiment carré dans les bois, situé là pour coordonner leurs opérations. Me concentrant sur mon pouvoir, tout devint sombre avant que je lance mon sort. Des paillettes et de la fumée tourbillonnèrent autour de moi tandis que j'ouvrais les yeux et plongeais dedans.

En un instant, je me matérialisai dans le bureau forestier, exactement là où je l'espérais : dans la zone d'accueil. Bien que je n'étais pas venue ici depuis des années, comme mon frère, j'avais parcouru ces bois quand j'étais plus jeune et jeté occasionnellement des coups d'œil par les fenêtres de ce petit bâtiment.

Bien que le crépuscule tombait, il y avait encore assez de lumière pour que je voie autour de moi. Prenant un moment, j'observai le petit espace. Des carrés de vinyle gris couvraient le sol. Les murs autrefois blancs étaient sales. Un grand bureau métallique trônait dans un coin, et une rangée de classeurs s'alignait le long du mur à côté. Il y avait une seule porte menant à une salle de bain, une table ronde entourée de chaises dans un coin, et une cafetière sur une petite étagère près de la table.

On aurait dit que ce bureau avait été figé dans le temps. Il ne semblait pas que quelqu'un l'ait nettoyé après sa fermeture. Des papiers étaient éparpillés sur le bureau, et quelques tasses posées sur la table contenaient du café depuis longtemps évaporé, ne laissant qu'une tache brune au fond. Personne n'avait même pris la peine de rincer la cafetière.

Mes pas résonnaient dans l'espace vide, et j'étais soulagée d'avoir eu le bon sens de changer pour des chaussures de course pratiques avant de venir ici. Non pas que je m'attendais à ce que quelqu'un soit ici, mais moins je faisais de bruit, mieux c'était.

Je fis le tour de la pièce et jetai un coup d'œil dans la salle de bain. Quelqu'un avait laissé la lunette relevée et n'avait même pas pris la peine de tirer la chasse d'eau. Je résistai à l'envie de fermer les toilettes et de tirer la chasse. Le niveau d'eau était bas, s'étant majoritairement évaporé. Étant donné l'emplacement de ce bureau, je supposai que les toilettes fonctionnaient avec un puits, mais je ne voulais rien faire qui pourrait révéler que quelqu'un était venu ici.

J'avais prévu le coup et apporté des gants en latex pour pouvoir fouiller dans les dossiers sans m'inquiéter de laisser des traces. Après avoir fait deux fois le tour de la pièce, je concentrai mon attention sur les classeurs. Un examen rapide me montra que la plupart contenaient des informations de facturation, ce qui était prévisible. Les dossiers étaient assez simples. Ils traitaient avec diverses entreprises de bois avec lesquelles la famille avait travaillé, des fabricants d'équipement, et la paie.

Mes yeux s'arrêtèrent sur un tiroir où il semblait que quelqu'un avait fouillé à un moment donné. Les dossiers suspendus avaient été écartés. En y jetant un coup d'œil, je trouvai des documents d'assurance. Après les avoir examinés, je tombai sur quelques demandes d'indemnisation des travailleurs. Rien d'extraordinaire jusqu'ici. Puis, mes yeux s'arrêtèrent sur un dossier intitulé *Edwin Lewis*.

Je n'arrivais pas à comprendre pourquoi les Smitty auraient quoi que ce soit à voir avec Edwin. Il ne faisait certainement pas affaire avec eux. Il avait été autrefois un sorcier assez puissant, mais avait été blessé il y a quelque temps. Je n'arrivais simplement pas à me rappeler pourquoi.

Plutôt que de prendre le dossier, je l'ai posé sur le bureau, photographiant rapidement les pages relatives à Edwin. Après avoir remis ces fichiers dans le tiroir, j'ai parcouru soigneusement le reste, ne trouvant rien d'autre qui semblait inhabituel. Je n'ai rien trouvé concernant les prétendus désaccords entre les deux frères, mais je ne m'attendais pas non plus à ce qu'ils documentent leurs différends familiaux personnels sur la gestion de l'entreprise.

J'ai fait un dernier tour, cherchant quelque chose d'anormal, mais il n'y avait rien. Mon téléphone était dans ma poche. Un coup d'œil rapide à l'écran m'a montré un message de Liam. *Mise à jour ?*

J'arrive tout de suite.

Fermant les yeux, j'ai pris une profonde inspiration et j'ai centré ma concentration. Ce sort demandait le plus de mon pouvoir. J'avais suffisamment d'expérience pour invoquer le pouvoir assez rapidement, mais cela nécessitait de l'énergie. Après une autre respiration profonde, j'ai ouvert les yeux. Quand les paillettes et la fumée ont tourbillonné autour de moi, j'ai plongé dedans et suis réapparue quelques secondes plus tard sur le siège passager de la voiture de Liam, les paillettes retombant autour de moi.

— Juste à temps, a dit Cam par-dessus mon épaule.

— Pourquoi dis-tu ça ? À cet instant, j'ai entendu le grondement bruyant d'un moteur arrivant à grande vitesse sur l'ancienne route forestière. Regardant Liam, j'ai demandé : — Est-ce que quelqu'un d'autre est passé par ici pendant que tu m'attendais ?

— Oui. Un quad et un pickup sont passés. C'est à ce moment-là que je t'ai envoyé un message. Tu remarqueras que je me suis enfoncé plus profondément dans les arbres.

En regardant autour de moi, j'ai vu qu'il s'était déplacé plus profondément dans les arbres et qu'il était largement à l'abri des regards, à moins que quelqu'un ne sache où chercher.

— Combien de temps penses-tu que nous devrions attendre ? ai-je demandé.

J'avais réussi à rester calme pendant toute ma visite au bureau de l'exploitation forestière. Mais maintenant, l'anxiété me parcourait. Quand nous étions arrivés ici, il ne semblait pas que des véhicules étaient passés récemment. Maintenant, il y en avait deux ? Considérant que je venais juste de m'introduire clandestinement dans les bureaux, tout cela me rendait un peu nerveuse.

— Je pense qu'on devrait attendre encore quelques minutes puis partir, a répondu rapidement Liam.

— Il y a un autre raccourci sur le côté un peu plus loin sur la route, a proposé Cam.

Liam a jeté un coup d'œil par-dessus son épaule. — À quelle distance d'ici ? Je préférerais ne pas rester sur cette route principale pour retourner à l'autoroute.

— Je dirais environ quatre cents mètres.

— Tu es sûr de savoir où c'est ? ai-je demandé.

Cam a soupiré. — Frangine, j'ai passé beaucoup plus de temps que toi dans ces bois quand on était gosses. Je sais exactement où nous sommes. Je ne me souvenais peut-être pas du chemin au début, mais une fois qu'on est arrivés ici, je m'en suis rappelé. C'est une autre route forestière. Elle mène à une route de liaison qui nous fait déboucher juste près de Maple Mystic, a-t-il expliqué, faisant référence à l'exploitation d'érable à sucre que Gabriel avait héritée d'un oncle éloigné.

— Je dis qu'on attend une minute et puis on y va. Je ne veux pas attendre plus longtemps et risquer que quelqu'un réalise que nous étions ici, ai-je dit.

— Je suis d'accord avec toi, a commenté Liam.

Nous avons attendu dans le silence tandis que le crépuscule s'épaississait, les ombres prenant le dessus. Après plusieurs moments sans aucun autre signe de véhicules, Liam a démarré la voiture et a avancé. Après une pause au bord de la route, il a tourné, commentant à Cam par-dessus son épaule : — Dis-moi juste où tourner, mec.

— Je m'en occupe. Tu vas voir une route sur ta droite bientôt. C'est juste devant... Tu la vois ? a dit Cam.

Juste au moment où Liam commençait à tourner, nous avons vu des phares au loin, encore un autre véhicule descendant la route forestière à grande vitesse.

— Merde, a murmuré Liam.

— Tourne et continue, a dit Cam. On n'a pas vraiment le choix.

— Je ne vais pas accélérer brusquement. Ça nous ferait paraître suspects. Si la personne qui arrive nous suit, tout ce qu'on a à dire, c'est qu'on cherchait une cabane de chasse et qu'on s'est perdus, a commenté Liam. Mes parents ont un terrain adjacent à celui-ci, et mon père a deux petites cabanes de chasse là-bas. Je ferai l'idiot en mentionnant que je n'y suis pas allé depuis mon retour. Ce qui est vrai, d'ailleurs.

Le cœur battant et l'estomac noué d'anxiété, j'ai prié pour que le véhicule continue au-delà de notre tournant. Pas de chance. Des phares ont clignoté dans le rétroviseur, et j'ai soupiré.

— Je suppose que c'est le moment de nous dire si tu as trouvé quelque chose dans ce bureau, a dit Cam.

— Rien que quelques photos dans mon téléphone. Ça ne sera pas évident que j'étais là. Je me suis téléportée, donc il n'y a pas d'empreintes de pas à l'extérieur du bâtiment, et j'ai utilisé des gants.

— Bien pensé. Aucune raison pour eux de soupçonner quoi que ce soit, a dit Liam.

Un camion s'est approché rapidement derrière nous, le klaxon retentissant une fois que le conducteur s'est rapproché.

Quand Liam a ralenti, Cam a dit : — Mec, il n'y a aucune raison de s'arrêter.

— Oui, mais si je ne le fais pas, ça donne l'impression qu'on essaie de fuir quelque chose.

Il s'est rangé sur le côté de l'étroite route. Le camion s'est arrêté derrière nous, leurs phares nous illuminant dans la voiture.

Un homme est descendu du camion et s'est approché de notre voiture. Je n'étais pas sûre de reconnaître l'homme, mais Liam semblait le connaître.

— Salut, Cliff, a dit Liam avec aisance en baissant sa vitre. Je suis complètement perdu par ici. Je suppose que j'ai fini sur votre propriété, hein ?

La tension sur le visage de Cliff s'est légèrement atténuée. — Oh, vous êtes définitivement sur ma propriété. Que diable faites-vous par ici ?

Liam a fait un geste vers Cam à l'arrière. — Je lui ai dit que je l'emmènerais ici pour lui montrer l'une des cabanes de chasse de mon père avant la saison de chasse au cerf, mais je me suis complètement perdu. Pouvez-vous me donner un indice pour sortir d'ici ?

Cliff est resté silencieux, et il a posé une main sur le bord de la fenêtre, ses doigts repliés en un poing détendu. — Eh bien, restez sur cette route. Elle vous fera sortir d'ici. La propriété de vos parents est à bien trois kilomètres d'ici. Une fois que vous atteindrez Blueberry Lane, tournez à droite. Il a fait une pause, plissant les yeux alors que son regard passait de Liam à moi puis à Cam. — Vous êtes sûrs qu'il ne se passe rien d'autre ?

— Nan, je suis juste content que vous connaissiez mieux le chemin que nous. Ces vieilles routes forestières n'apparaissent pas sur le GPS, a dit Cam, levant son téléphone et le secouant.

— Non, en effet, a dit Cliff d'un ton sec. Je vous suggère de revenir quand la lumière sera un peu meilleure.

— Tout va bien ? ai-je demandé, décidant de m'insérer dans cette conversation.

Il a hoché brièvement la tête. — Tout va bien. Pourquoi demandez-vous ça ?

— Oh, eh bien, nous nous sommes perdus, mais que faites-vous ici à cette heure ? Nous avons aussi entendu quelques autres véhicules.

Cliff est resté silencieux, la tension s'épaississant dans l'air. — Je ne sais pas de quoi vous parlez. Je vérifie juste les lieux. Avec ce qui est arrivé à Vernon, on ne peut pas être trop prudent.

CHAPITRE SEPT

—Salut, Ghost, dis-je alors qu'il sautait de l'étagère au-dessus de la porte, rebondissant sur mon épaule avant d'atterrir sur le sol.

Ghost tourna sur lui-même, sa queue blanche s'agitant sur le plancher en bois. Je me penchai pour lui gratter le dessous du menton, recevant ce que je percevais comme un salut sous forme d'un ronronnement vibrant.

En me redressant, je me tournai pour accrocher ma veste et retirer mes chaussures de tennis. Devant moi, Liam se dirigeait déjà vers la cuisine. —Je prends une bière, tu en veux une ? lança-t-il par-dessus son épaule.

—Je vais prendre un verre de vin, dis-je en le suivant et en m'appuyant contre le comptoir. Je suis tellement soulagée que Cliff nous ait laissés continuer avec cette histoire stupide.

—Hé, elle n'était pas si stupide. Elle a fait l'affaire.

—Je sais. J'espère juste qu'il n'y a aucun signe de ma présence là-bas. J'en doute.

—Vu qu'on n'a pas conduit plus loin sur cette route à partir de l'endroit où on était garés, ce sera difficile pour quiconque de penser que quelqu'un était là. Sans compter que Cliff ne serait pas de toute façon dans ce bureau. C'est un Ouellette, et ils possèdent un bout de terrain un peu après la propriété des Smitty.

Liam sortit une bouteille de vin du casier à vin sous le comptoir. Il remplit un verre pour moi et me le tendit avant de se tourner pour prendre une bière dans le réfrigérateur.

—Bien vu, répondis-je après une gorgée de vin. Il y a tellement d'Ouellette que j'en perds le compte.

Ouellette était un nom de famille courant dans la région, beaucoup d'entre eux étant des descendants des Canadiens français dispersés dans tout le Maine. Parmi ceux de la région de Charm Cove, la plupart n'avaient pas de pouvoirs surnaturels, cependant, au fil des siècles, certains avaient épousé des sorcières ou des sorciers, ce qui fait que quelques-uns avaient des pouvoirs dans les générations suivantes.

Nous nous sommes tournés ensemble pour nous diriger vers le canapé d'angle. Avec l'automne qui s'installait, j'étais tentée d'allumer un feu car l'air était frais dehors. Pourtant, j'étais trop fatiguée ce soir. Jetant un coup d'œil à Liam alors que nous nous asseyions dans l'angle du canapé, je commentai : —Je ne me souviens pas, est-ce qu'on a fait ramoner la cheminée au printemps dernier ?

Il but une gorgée de sa bière en se penchant pour prendre la télé-commande sur la table basse. —Tu sais, je crois qu'on avait l'intention de le faire, mais on ne l'a jamais fait. J'appellerai demain.

Il se laissa aller en arrière, alluma la télévision et me tendit la télé-commande tout en étendant son bras sur mes épaules, son poids me réconfortant. Après avoir fait défiler les chaînes, je m'arrêtai sur un film de science-fiction. Ghost sauta sur le canapé de l'autre côté de Liam, se blottissant contre lui et commençant à nettoyer ses pattes très méticuleusement.

—Hé, montre-moi les photos des documents que tu as trouvés, dit Liam pendant une pause publicitaire.

Je me penchai en arrière, sortis mon téléphone de la poche de mon jean et le lui tendis. Il ouvrit les photos et les examina.

—Ah, Edwin Lewis. Je me souviens quand il s'est blessé, mais je ne crois pas avoir jamais su pourquoi, commenta-t-il.

Je n'avais pas eu le temps d'examiner les documents en profondeur, alors Liam posa le téléphone sur son genou. Nous nous sommes tous deux penchés, étudiant attentivement les photographies des documents d'assurance. Il agrandit l'image tandis que nous essayions de lire la date originale.

—Oh, c'était il y a plus de cinq ans. Je ne me souviens de rien de tout ça, murmurai-je.

Quand je l'ai regardé, il a légèrement secoué la tête. —Moi non plus, mais on était tous les deux à l'université à l'époque.

—On dirait qu'ils faisaient de l'abattage le long de la limite de propriété adjacente à celle d'Edwin. Il a été blessé en sortant quand l'une de leurs grues est tombée.

—Quand il les a poursuivis pour les frais médicaux, ils ont essayé de contester, dis-je en faisant défiler les photos.

—Oh, je vois, commenta Liam quand il arriva à la dernière page.

—Tu vois quoi ?

—Regarde ici, dit-il, en montrant l'écran. Juste avant de clore le dossier, la dernière correspondance était une contestation où ils affirmaient qu'il était mentalement malade, disant qu'il prétendait avoir des superpouvoirs.

—Oh non, marmonnai-je. Ça aurait certainement mis Edwin en colère. Ou n'importe lequel d'entre nous. Il n'avait aucune défense, pas face à une compagnie d'assurance.

—Donc il n'y avait plus de documents relatifs à cette affaire ? demanda Liam, me regardant.

—Je pense que c'était tout le dossier. J'étais un peu pressée, mais je n'ai rien trouvé d'autre de ce genre là-bas. On doit parler à Edwin. Penses-tu qu'on devrait montrer ça à Daniel ? demandai-je.

—Je pense qu'on doit parler à certains des anciens avant de parler à Daniel. Daniel est un type bien, et je sais qu'il est marié à Zoe, mais ce n'est pas un sorcier. Je ne peux pas imaginer Edwin assassinant quelqu'un. Je ne peux tout simplement pas, dit Liam catégoriquement.

—Avant d'aller voir Daniel, parlons à nos parents demain.

———

Le lendemain matin, Liam me déposa de l'autre côté de la rue, devant Magic Beans où j'avais rendez-vous avec ma mère. Il se dirigeait vers son bureau où il travaillait dans la société d'investissement de sa famille et devait parler avec ses parents de ce que nous avions découvert dans les dossiers.

Une douce brise soufflait de l'océan, faisant tourbillonner les feuilles en cercle sur le trottoir alors que je traversais la rue depuis la place publique jusqu'à Magic Beans. L'odeur du café et des pâtisseries m'assaillit lorsque je poussai la porte du café. Ma mère croisa mon regard depuis la table qu'elle avait dénichée près des fenêtres et me fit signe alors que je me plaçais à la fin de la file d'attente au comptoir.

La file avança rapidement. Quand j'arrivai au comptoir, Sarah Glen m'adressa un large sourire. —Bonjour, Moira, comme d'habitude ? demanda-t-elle, sa queue de cheval blonde se balançant alors qu'elle se tournait pour appuyer sur un bouton de la machine à café derrière elle.

—Bien sûr. Votre café maison avec un shot supplémentaire, et un scone aux myrtilles.

Sarah enfourna un scone dans le petit four sur le comptoir et prépara mon café avant de se retourner pour encaisser ma commande. — Alors, as-tu vu *The Ink Spot* ce matin ? demanda-t-elle.

— Euh, non. Pourquoi ?

— Il y a un article sur une effraction au bureau de l'exploitation forestière.

Mon estomac se noua et mes yeux s'écarquillèrent. — Quoi ? Quel bureau ?

— Le vieux bureau sur la propriété des Ouellette. Il n'a pas été utilisé depuis sa fermeture, expliqua Sarah.

— Je ne pense même pas savoir où c'est, dis-je, soulagée de dire la vérité en lui tendant l'argent pour mon café et mon scone. Étant donné que j'avais été dans le vieux bureau sur la propriété des Smitty, je me sentais hors de danger.

— Ils disent que c'est celui situé près de Windy Bay, répondit-elle en se retournant pour vérifier mon scone.

Je poussai un soupir de soulagement à ce détail car ce ne pouvait pas être le bureau où j'étais allée hier, ou du moins je ne le pensais pas. La propriété des Ouellette s'étendait au-delà de la zone adjacente à celle des Smitty, jusque dans les terres sauvages au sud de Charm Cove près de Windy Bay. Les anciennes routes forestières étaient interconnectées et traversaient plusieurs étendues de terrain.

— Regarde ça quand tu auras un moment, dit Sarah en se retournant pour me tendre mon scone sur une petite assiette.

J'aurais voulu poser plus de questions, mais plusieurs clients attendaient derrière moi. Après l'avoir remerciée, je me frayai un chemin entre les tables et me glissai sur la chaise en face de ma mère.

— As-tu vu *The Ink Spot* ce matin ? demandai-je en retirant ma veste pour la laisser tomber sur le dossier de ma chaise.

Elle hocha la tête. — Bien sûr. Je viens de consulter leur site web après que Sarah m'a posé la question. Je suppose qu'elle a fait pareil avec toi, répondit ma mère avec un léger sourire.

— Évidemment. Je m'arrêtai pour boire une gorgée de café avant de sortir mon téléphone de mon sac. — Je vais y jeter un coup d'œil tout de suite. J'ouvris mon téléphone et consultai le site de *The Ink Spot*.

Effraction aux bureaux de l'exploitation forestière

Les frères Ouellette signalent qu'il y a eu une effraction dans l'un de leurs bureaux d'exploitation forestière sur l'une de leurs principales propriétés. La police de Charm Cove a été appelée hier soir après que les frères ont signalé le déclenchement d'une alarme.

Il n'y a actuellement aucun suspect connu, et la seule chose qui manque était de l'équipement sur le site près des bureaux. C'est un grand mystère, car déplacer du matériel lourd n'est pas une tâche facile. Pour déplacer la grande grue, quelqu'un aurait eu besoin d'un gros camion et d'une remorque.

Le chef de la police Daniel Levesque rapporte que selon les premières spéculations, quelqu'un transportant des rondins aurait profité de son autorisation d'être sur la propriété pour voler l'équipement. Les Ouellette s'inquiètent du coût pour la famille, car la pièce d'équipement volée était très coûteuse.

La police de Charm Cove demande que tout renseignement soit communiqué à leur ligne d'information, et ils y donneront suite. Pour les diverses familles qui possèdent des terres autour de la zone, la police et la famille demandent de signaler tout véhicule suspect sur les chemins forestiers.

Levant les yeux, je regardai ma mère et soupirai. — Wow. Je t'avais dit que je voulais te parler des dossiers que j'ai trouvés dans le bureau, mais je ne savais pas que ce serait le gros titre de la ville aujourd'hui.

Elle se contenta d'arquer un sourcil, sirotant calmement son café.

Peu importe les circonstances, ma mère était rarement décontenancée. Ses cheveux étaient en chignon lâche. Ses yeux verts étaient brillants, et son regard aussi perçant que jamais. On m'avait souvent dit que je lui ressemblais, mais je ne pensais pas pouvoir un jour égaler la présence gracieuse et déterminée qu'elle dégageait. C'était une sorcière très puissante capable de percevoir les secrets si elle le souhaitait lorsqu'elle se trouvait à proximité de quelqu'un.

— Tu sais, peut-être que tu devrais être un peu plus sociable en ce moment, suggérai-je.

Ses lèvres s'étirèrent en un petit sourire. — Tu crois ?

— Eh bien, entre le meurtre, cette effraction et ce que j'ai trouvé, il y a beaucoup de gens qui gardent des secrets.

— Il y a toujours beaucoup de gens qui gardent des secrets, ma chérie. Tu sais que j'essaie d'utiliser mon pouvoir de façon très judicieuse.

— Bien sûr, mais maintenant tu as des secrets importants à découvrir.

— Eh bien, la mère de Cliff organise une collecte de fonds pour l'orchestre du lycée, alors autant voir ce que je peux apprendre.

— Quelles sont les chances qu'il y ait eu une effraction dans une autre propriété la même nuit où j'étais dans le vieux bureau des Smitty ?

Ma mère haussa les épaules. — Comme tu peux l'imaginer, j'ai quelques réflexions sur le transport, mais je suis contente que Liam et Cam attendaient à proximité.

— Maman, j'étais parfaitement en sécurité. Quoi qu'il en soit, laisse-moi te montrer ces photographies, dis-je en tapotant l'écran de mon téléphone. J'ouvris rapidement les photos et tournai mon téléphone pour qu'elle puisse les voir.

Après les avoir fait défiler, elle me regarda. — Eh bien. Je pense que nous devrions demander à Penelope au sujet d'Edwin.

— Vraiment ? demandai-je, perplexe face à cette suggestion de consulter ma tante.

— Mais oui. Penelope et Edwin sont de chers amis.

— Ah bon ?

Ma mère me fit un clin d'œil. — Bien sûr. En fait, Edwin a un faible pour ta tante Penelope et l'a toujours eu. S'il y a quelque chose à découvrir ici, Edwin le lui dira. Je dois dire cependant que je ne crois pas qu'Edwin pourrait assassiner qui que ce soit. Il pourrait être furieux, certes, mais il n'irait certainement pas jusqu'à tuer quelqu'un à cause de cet accident. Penelope ira probablement le voir cet après-midi. Si ça ne te dérange pas, laisse-moi lui transférer ces photos.

— Vas-y, répondis-je, en faisant un geste vers mon téléphone tandis que j'assimilais les implications du fait que ma tante était apparemment l'objet d'un béguin de la part d'un vieux sorcier depuis des années. Qui l'eût cru ? Certainement pas moi.

— Alors, quand devrions-nous parler de cela à Daniel ? demandai-je, abordant la question évidente.

Ma mère haussa les épaules. — Le plus tôt sera le mieux. S'il le découvre par lui-même, et puis apprend que nous avons attendu pour lui dire, ce sera plus problématique. Mieux vaut qu'il examine cela maintenant et écarte Edwin comme suspect.

— C'est ce que je pensais. Bien, si ça ne te dérange pas d'informer Penelope, je vais me rendre au poste de police pour parler à Daniel. Jetant un coup d'œil à ma montre, j'ajoutai : — Il me reste environ une demi-heure avant de devoir ouvrir le magasin, donc je vais écourter notre pause café si ça te va.

— Bien sûr, ma chérie. Attends, laisse-moi finir d'envoyer ces photos à Penelope.

Elle envoya les photographies par texto depuis mon téléphone à Penelope avant de me le rendre. Pressant ses doigts sur ses lèvres, elle me souffla un baiser et me fit signe de partir tandis que je me levais de table. Mon café à la main, je m'arrêtai au comptoir en sortant. — Puis-je avoir un sac pour ce scone, Sarah ?

Préparant un café d'une main, Sarah tendit l'autre pour attraper un de leurs petits sacs de pâtisserie et me le donna. Glissant le scone encore chaud à l'intérieur, je laissai l'assiette sur le comptoir et me dirigeai vers le poste de police de Charm Cove.

CHAPITRE HUIT

Le vent soufflait en rafales tandis que je marchais sur le trottoir, et j'ai remonté la fermeture éclair de ma veste. Bien qu'il soit encore tôt, les voitures roulaient lentement le long de Charming Way, l'une des artères principales du centre-ville de Charm Cove, et commençaient déjà à remplir les places de stationnement qui bordaient les rues.

Les « chasseurs de feuilles » — comme on appelait les touristes qui venaient en Nouvelle-Angleterre pour admirer les splendides paysages automnaux — étaient sortis en masse. Ils séjournaient généralement dans des chambres d'hôtes locales pendant quelques jours et sautaient d'une ville à l'autre en remontant la pittoresque côte du Maine. Avec ses falaises rocheuses et ses petites îles se détachant sur fond de magnifiques couleurs automnales, le Maine était une véritable destination pendant l'automne.

Alors que les vents frais chassaient les touristes des autres plages plus au sud, les gens continuaient d'affluer dans la région pour admirer ces couleurs de renommée mondiale. M'arrêtant un instant, j'ai laissé mon regard errer sur l'espace vert de la ville. Les jours comme aujourd'-hui, le centre-ville semblait tout droit sorti d'une carte postale. Avec quelques feuilles aux couleurs vives emportées par le vent, le grand sapin baumier au centre de l'espace vert avait fière allure. Entourée par les vieux bâtiments coloniaux qui bordaient les rues, j'avais parfois l'impression d'avoir fait un bond dans le passé.

Quand une nouvelle rafale de vent a fait voler mes cheveux dans tous les sens, je me suis retournée, penchée contre la brise, et j'ai continué mon chemin sur le trottoir jusqu'au commissariat. Le commissariat de police de Charm Cove se trouvait à l'angle de Charming Way et Good Lane. C'était un imposant bâtiment de granit. Arrivée en haut des marches, j'ai poussé la lourde porte en chêne, soulagée quand elle s'est refermée derrière moi, coupant le vent.

Écartant mes cheveux emmêlés de mon visage et les lissant d'une main, j'ai levé les yeux pour sourire à Anna Goodness, qui était assise au bureau d'accueil. Anna travaillait comme réceptionniste principale ici, tout en étant greffière au tribunal. Elle était aussi une sorcière. La famille Goodness était une branche éloignée de la famille Good. Ses cheveux noirs étaient tirés en arrière en une tresse, et ses lunettes noires carrées étaient perchées sur son nez tandis qu'elle tapait sur son clavier.

Sans même ralentir, elle m'a souri. — Bonjour, Moira. Qu'est-ce qui t'amène ici aujourd'hui ?

Posant mes mains sur le bois frais du bureau d'accueil, j'ai dit : — Eh bien, j'espère que Daniel est là ce matin. S'il est disponible, j'aimerais lui parler quelques minutes.

— Il est là, comme d'habitude. Tu veux que je voie s'il est disponible ?

— S'il te plaît.

Le clavier s'est tu tandis qu'Anna prenait son téléphone et appuyait sur un bouton. Après un moment, elle a parlé dans le combiné : — Daniel, Moira Wicked est ici pour te voir. Es-tu occupé ?

Je n'ai pas entendu sa réponse, mais Anna a levé les yeux et hoché la tête, indiquant d'un geste la porte à côté de son bureau qui menait aux bureaux à l'arrière. Contournant son bureau, j'ai attendu le bourdonnement caractéristique avant d'ouvrir la porte. La porte s'est refermée automatiquement derrière moi.

En marchant dans le couloir, j'ai frappé légèrement sur le bord de la porte du bureau de Daniel quand je me suis arrêtée devant. Daniel a levé les yeux et m'a fait signe d'entrer. — Cliff, je fais de mon mieux, mais nous n'avons pas grand-chose pour l'instant. Je vous promets que je vous contacterai quand j'aurai plus d'informations. Mes adjoints examinent tous les témoignages qui nous sont parvenus jusqu'à présent. Dès que j'aurai quelque chose qui en vaut la peine, je vous appellerai.

Il a marqué une pause avant de répondre : — Très bien. Appelez-moi si vous entendez quelque chose. Après avoir raccroché, il m'a fait signe de prendre la chaise en face de son bureau. — Bonjour, Moira. Asseyez-vous. Que puis-je faire pour vous ? Il a attrapé son gobelet en papier de café et l'a vidé.

— Eh bien, j'ai une piste, possiblement liée au meurtre de Vernon, ai-je expliqué, allant droit au but.

Daniel m'a examinée avant de se pencher pour attraper sa tablette informatique sur le côté de son bureau. — Et de quoi s'agit-il ?

— Avant de vous montrer, je préférerais éviter le sermon sur l'intrusion.

Daniel a soupiré. — Qu'avez-vous fait, Moira ?

— Il se pourrait que j'aie eu l'occasion de consulter les dossiers dans l'ancien bureau d'exploitation forestière des Smitty.

Daniel est resté silencieux un instant. — Je suppose que vous y êtes arrivée par des moyens potentiellement magiques. Il a lentement secoué la tête. — Continuez.

J'espérais que le fait qu'Edwin puisse également avoir accès à ces documents jouerait en ma faveur. Sortant mon téléphone, j'ai ouvert l'écran sur la première photo et l'ai fait glisser à travers le bureau pour que Daniel puisse voir. — Regardez simplement toutes les photographies après celle-ci. C'est toute la documentation associée à ce rapport.

Daniel est resté silencieux pendant qu'il les examinait, ajustant occasionnellement l'affichage sur l'écran et prenant des notes sur sa tablette. Après quelques minutes, il a levé les yeux. — C'est définitivement intéressant. Ça vous dérange de me les envoyer ?

— Pas du tout. J'ai parlé à ma mère ce matin. Elle ne pense pas qu'Edwin ferait jamais de mal à quelqu'un, mais je suppose que cela pourrait ressembler à un mobile. Je veux dire, l'accident l'a affecté de manière significative, en particulier avec les pouvoirs d'Edwin. Elle voulait que je vous parle pour que vous puissiez l'écarter de la liste des suspects, ai-je expliqué.

— Les gens font parfois des choses qui ne leur ressemblent pas. Cela dit, ça ne signifie pas qu'Edwin voudrait faire du mal à Vernon pour cette raison. Je me souviens quand c'est arrivé, a médité Daniel. — J'ai accompagné la compagnie d'assurance sur le site de l'accident parce qu'Edwin et les frères Smitty ne pouvaient absolument pas être civils les uns envers les autres à cette époque.

J'ai gardé mes pensées pour moi. Bien que je connaisse à peine Edwin, vu qu'il était des décennies et des décennies plus âgé que moi. Pourtant, découvrir qu'il avait un *faible* pour Tante Penelope m'avait en quelque sorte attendrie envers lui.

— Donnez-moi votre email pour que je puisse vous transférer ces photos, ai-je dit. Quoi qu'il en soit, je savais qu'il était préférable que Daniel examine cette piste.

J'ai entré son adresse e-mail quand il me l'a dictée et j'ai rapidement envoyé les photos des documents d'assurance. — J'ai beaucoup de questions, mais je suppose que tu voudras examiner tout ça avant de pouvoir me dire quoi que ce soit.

Daniel m'a gratifiée d'un sourire. — Tu as parfaitement raison. C'est une enquête pour meurtre. Merci d'être honnête et de m'avoir apporté ces documents. Peut-être que ça va sans dire, mais je le dirai quand même. S'il te plaît, demande à toutes tes connaissances de me transmettre toute information qui pourrait constituer une piste pour nous.

Je me suis levée de la chaise, glissant mon téléphone dans mon sac à main. — Bien sûr. Tu sais que je le fais toujours. On restera en contact, j'en suis certaine.

CHAPITRE NEUF

Cet après-midi-là, alors que j'étais débordée par un flot de clients, les jumelles sont arrivées à point nommé pour m'aider après l'école. Celia s'est précipitée derrière le comptoir, déposant un rapide baiser sur ma joue en passant, avec Delia sur ses talons. Delia s'est arrêtée pour me faire un câlin pendant que je parlais à une cliente.

Le rideau de perles a doucement cliquetée derrière elles quand elles ont disparu dans l'arrière-boutique. J'ai jeté un coup d'œil à la cliente et souri. « Elles forment un duo joyeux. »

La cliente en question, une femme mince comme un fil avec des cheveux argentés courts et des yeux marron vifs, a souri avec indulgence. « À leur âge, c'est agréable à voir. »

J'ai tapé sur l'écran de l'ordinateur, annonçant son total. « Ça fera vingt-quatre dollars tout rond. Voulez-vous que je l'emballe ? »

La femme a baissé les yeux sur le joli bracelet à breloques qu'elle tenait dans sa main. « Ce serait gentil. C'est pour ma fille. Elle est convaincue que si j'achète quelque chose dans cette boutique, ce sera vraiment ensorcelé. »

Delia est revenue à l'avant juste au moment où la femme parlait et lui a adressé un large sourire. « Dites-lui que c'est peut-être un mythe, mais nous faisons de notre mieux pour imprégner chaque objet de charme. Nous sommes à Charm Cove après tout. »

La femme a ri doucement. « Je comprends pourquoi tu travailles ici. »

« Elles sont d'une grande aide », ai-je commenté tandis que Celia revenait à l'avant. « Maintenant, laquelle d'entre vous souhaite emballer ceci ? »

« Je m'en occupe », a dit Delia.

La femme lui a tendu le bracelet. Delia s'est rapidement retournée, sélectionnant une petite boîte à bijoux sur les étagères sous le comptoir derrière la caisse. Comme un autre client approchait, la femme s'est écartée, tandis que Celia contournait le comptoir pour se mêler aux clients dans la boutique.

Tout comme je l'avais fait en grandissant, les jumelles travaillaient ici quelques après-midis par semaine. Elles aimaient ça, et ça me soulageait d'un emploi du temps souvent implacable. L'après-midi a filé à toute vitesse jusqu'à ce que je me dirige vers l'entrée pour retourner l'écriteau sur « Fermé » et verrouiller la porte principale. Les rayons déclinants du soleil projetaient une lueur rosée à travers les fenêtres, baignant la boutique d'une lumière douce et vaporeuse.

J'ai pris un moment pour laisser mon regard balayer la ville. Les lampadaires du centre-ville étaient déjà allumés, créant une vue pittoresque en ce début de soirée. Au fil des siècles, Charm Cove avait fait un excellent travail pour préserver ses bâtiments historiques. Les réverbères, qui étaient à l'origine des lampes à bougie puis des lampes à gaz, étaient maintenant éclairés à l'électricité. Les luminaires originaux montés sur les grands poteaux étaient en fer forgé avec des boîtiers décoratifs autour des globes en verre.

La majeure partie du centre-ville était composée de bâtiments d'origine de l'époque coloniale, y compris celui où se trouvait Persnickety Potions & Gifts. Nous avions converti l'étage en un petit appartement, notre boutique occupant tout le rez-de-chaussée.

Prenant une respiration, je me suis retournée pour voir les jumelles déjà en train de ranger et de préparer la boutique pour la fermeture. Je suis allée à la caisse et j'ai commencé à faire les comptes de la journée.

Pendant que je travaillais, j'entendais le murmure des voix des jumelles. Mes oreilles se sont dressées quand j'ai entendu le mot « grue ».

Non pas qu'il y ait quelque chose de particulièrement mauvais avec ce mot. C'est juste qu'elles n'avaient pas vraiment de raison de discuter d'une grue. Et il se trouvait que l'équipement volé sur la propriété des Ouellette était, en fait, une grue.

J'ai appelé : « Les filles, de quoi parlez-vous là-bas ? »

Au moment où leurs yeux bleus identiques se sont tournés vers moi, j'ai su qu'elles préparaient quelque chose. Posant une main sur ma hanche, j'ai demandé : « Vous deux, vous menez encore votre propre enquête ? »

Le silence m'a accueillie et deux paires de joues ont rougi. Delia a finalement répondu : « Eh bien, *toi*, tu le fais. »

J'ai jeté un coup d'œil à l'écran de l'ordinateur et j'ai appuyé sur le bouton pour l'éteindre. « Je cherche à comprendre ce qui est arrivé à Vernon, mais pas toute seule. On s'attend à votre curiosité, mais que diriez-vous de nous tenir au courant ? Nous ne voulons pas avoir à nous inquiéter pour quoi que ce soit. »

Je ne pouvais pas leur en vouloir d'être curieuses. Les filles étaient puissantes, et en tant que jumelles identiques, elles avaient la capacité unique de combiner leurs pouvoirs. Cela dit, nous ne voulions pas qu'elles fassent quoi que ce soit qui les mette en danger comme cela avait été le cas récemment.

Contournant la caisse, je suis allée les aider à finir de ranger les étagères. Une section était un peu en désordre, et j'ai soigneusement remis les baguettes décoratives en ordre et aidé à polir une vitrine tachée. « Cette fois, nous parlons d'une enquête pour meurtre, les filles », ai-je finalement dit. J'avais appris qu'il valait mieux les laisser venir d'elles-mêmes.

« Nous ne faisons rien à propos de ça ! » ont-elles éclaté ensemble.

« On pensait juste enquêter sur cette grue volée », a ajouté Delia.

« On aime faire de la randonnée, alors on a juste fait ce qu'on fait d'habitude », a enchaîné Celia.

« Et ? »

« Eh bien, on l'a trouvée », a dit Delia, hochant vigoureusement la tête.

« Vous avez trouvé la grue volée ? » Suite à deux hochements de tête emphatiques, j'ai demandé : « Avez-vous parlé de ça à vos parents ? »

« On prévoyait de le faire ce soir », a expliqué Celia.

« Où est-elle ? »

« Eh bien, elle est près des vieux vergers fermés, presque à la limite de la ville. Tu vois où je veux dire ? » a demandé Delia.

« Ça fait longtemps que je ne suis pas allée par là, mais je crois savoir où tu veux dire. Je ne savais même pas qu'il y avait des routes là-bas. »

« Il n'y en a qu'une, et elle n'est pas très fréquentée du tout. Elle est assez rocailleuse et envahie par la végétation. Nous l'avons suivie quand nous avons vu des traces », a expliqué Celia.

Delia a repris le fil. « Cachée dans les arbres, loin derrière une énorme falaise rocheuse, se trouve la grue sur l'arrière d'une remorque attachée à l'une de ces machines excavatrices. »

« Je n'arrive pas à imaginer comment ils l'ont amenée là-bas », ai-je réfléchi. Les jumelles ont hoché la tête, les yeux écarquillés. « Très bien, quand je vous déposerai, nous parlerons à vos parents. Y a-t-il d'autres véhicules là-bas avec la grue ? »

« Non. Mais on peut voir des traces de pneus, et la plaque d'immatriculation sur la remorque vient du Vermont. »

Dès qu'ils ont mentionné cela, j'ai réalisé que je n'avais jamais demandé à Daniel de vérifier la plaque d'immatriculation du véhicule que Liam et moi avions vu au bout de l'allée des Smitty. — Avez-vous relevé le numéro de la plaque ?

— Bien sûr que oui, dit Delia avec un sourire fier.

Je ne pus m'empêcher de sourire. — Allons-y et ramenons-vous à la maison, les filles. J'étais maintenant impatiente de les ramener chez elles et de m'assurer que Lea et Jacob sachent ce qu'elles avaient fait.

Après avoir fermé la boutique et laissé les jumelles s'exercer aux sorts de protection sur les portes, je les ai ramenées chez elles. Je les ai suivies dans le couloir jusqu'à la cuisine de la vieille maison coloniale de leurs parents. Lea était au comptoir de la cuisine en train de trancher du pain, et Jacob était assis à la table ronde de la cuisine, lisant le journal. Il leva les yeux, posa le journal sur la table et se leva quand nous sommes entrées. Jacob semblait surpris de me voir. Il regarda, ses yeux bleus se plissant tandis qu'il retirait ses lunettes et les posait sur la table.

— Bonjour, les filles, dit-il, des questions tourbillonnant dans ses yeux.

— Bonjour, mes chéries, dit Lea, les serrant chacune rapidement dans ses bras avant de me regarder. Je ne m'attendais pas à vous voir ce soir.

Elle a repris le tranchage du pain, Jacob nous rejoignant près du comptoir tandis que je répondais : — J'ai pensé passer parce que les jumelles ont quelque chose à partager avec vous.

— Nous sommes allées faire une randonnée dans les bois, et nous avons trouvé la grue forestière disparue, dit Delia précipitamment.

Celia enchaîna immédiatement, ajoutant : — Et nous avons des photos de l'endroit où elle est cachée et de la plaque d'immatriculation et tout.

Les lèvres de Jacob se contractèrent, très légèrement. — Je me doutais que vous deux prépariez quelque chose.

— Comment ça ? demanda Delia.

— Parce que j'ai vu vos bottes boueuses hier. Je me suis dit que ce n'était qu'une question de temps avant que vous nous mettiez au courant, expliqua-t-il.

Lea finit de trancher le pain et le plaça soigneusement sur une assiette tout en demandant : — Pouvons-nous voir ces photos, s'il vous plaît ?

Delia lui tendit promptement son téléphone. Appuyant mon coude sur l'îlot, j'ai proposé : — Je ne sais pas qui a conduit ça là-bas, mais ce n'était certainement pas facile. Aussi, j'avais complètement oublié, mais quand Liam et moi roulions vers la ville l'autre jour, nous avons vu un véhicule avec des plaques du Vermont au bout de l'allée qui mène à la propriété des Smitty. C'est peut-être une simple coïncidence, mais la remorque a aussi des plaques du Vermont.

— Je ne crois pas aux coïncidences, répondit Lea en parcourant rapidement les photos sur le téléphone de Delia. Les filles, nous avons déjà eu cette discussion plusieurs fois, mais s'il vous plaît, soyez prudentes et informez-nous *toujours* de ce que vous faites.

— C'est ce qu'on vient de faire, répliqua Celia.

Jacob rit doucement et secoua la tête. — *Après* coup. Nous irons parler à Daniel demain, pour qu'il sache où se trouve tout ça.

CHAPITRE DIX

Le lendemain soir, je me laissai aller contre le poids chaleureux du bras de Liam autour de mes épaules à une table du bar Enchanted Spirits. — J'aurais bien besoin d'un autre verre de vin, dis-je après que la serveuse eut fini de prendre la commande de Nathan.

— Je vous l'apporte tout de suite, répondit-elle. Quelqu'un d'autre désire quelque chose ? Lorsque tout le monde secoua la tête, elle s'éloigna en nous assurant qu'elle reviendrait bientôt.

— Alors, si je comprends bien, le cambriolage sur la propriété des Ouellette était mis en scène ? demanda Emma.

— Ça en a tout l'air, répondit Liam avant de s'arrêter pour mordre dans son hamburger.

Jackson, le petit ami d'Emma, secoua la tête. — On dirait qu'ils n'ont pas fait un très bon travail pour le mettre en scène.

C'est à ce moment que Zoe arriva, rejoignant Liam, moi, Emma, Nathan et Jackson. Elle se glissa dans la dernière chaise disponible à la grande table ronde que nous avions réussi à obtenir dans un coin reculé du bar. — Salut, comment ça va tout le monde ? demanda-t-elle en s'asseyant.

Après un tour de réponses, Emma ajouta : — Je ne m'attendais pas à te voir ici ce soir.

— Oh, Daniel travaille tard. Zoe retira sa veste de ses épaules et ajusta son haut sur son ventre rond. Avec son bébé prévu dans quelques mois, elle était définitivement enceinte. — Je me suis dit que j'allais vous rejoindre pour dîner parce que je suis trop paresseuse pour cuisiner.

— Est-ce qu'il travaille tard à cause de ce vol de grue mis en scène qui a fait la une des journaux ? demanda Nathan avec un sourire.

— Bien sûr. Quel bazar, répondit Zoe en levant les yeux au ciel.

Notre serveuse passa pour prendre la commande de Zoe. Vu sa grossesse, elle évita tout alcool, se contentant d'eau, mais commanda joyeusement un double cheeseburger avec des frites, déclarant qu'elle mangeait pour deux.

Après le départ de la serveuse, je demandai : — Alors, est-ce que Daniel en sait plus que ce qui a été diffusé aux informations ?

Zoe haussa les épaules. — Les nouvelles étaient embarrassantes pour les Ouellette, qui ont fait tout un plat du coût de la grue volée. Elle regarda Emma avec un grand sourire. — Tes sœurs jumelles ont fait exploser cette histoire.

Emma pouffa de rire. — Je sais. Après avoir remis ces photos à Daniel, un journaliste leur a demandé où elles avaient trouvé la grue et il s'est rendu là-bas. Elles sont tellement fières.

Zoe me regarda. — Cette plaque d'immatriculation du Vermont que tu as vue ?

— Quoi ? J'ai enfin pensé à donner le numéro à Daniel.

— Eh bien, c'était le gars qu'ils ont engagé pour déplacer la grue. Apparemment, il est spécialisé dans le transport de gros équipements vers des zones reculées pour des opérations forestières légitimes. Il n'avait *aucune* idée de ce dont il s'agissait. Apparemment, il pensait qu'ils lui demandaient de l'emmener à un endroit bizarre, mais rien de plus. Il s'avère qu'ils ne l'ont même pas payé, alors il n'était pas vraiment ravi.

— C'est quoi ce bordel ? Pourquoi diable ont-ils mis en scène ça ? demanda Nathan entre deux bouchées de frites.

— Je peux prendre des frites ? demanda Zoe, en pointant vers le grand panier au centre de la table.

— Bien sûr, dit Nathan, en poussant le panier dans sa direction, tandis qu'Emma lui passait le ketchup.

— Daniel pense qu'ils visaient probablement l'argent de l'assurance, dit Zoe en plaçant quelques frites sur une petite assiette.

— Tu crois que ça a un lien avec le meurtre de Vernon, ou c'est juste un mauvais timing ? demanda Liam.

— Mauvais timing, parce que le gars du Vermont a dit qu'ils l'avaient contacté il y a un mois pour planifier ça. Ils attendaient que le sol gèle pour que le passage par les anciennes routes forestières soit plus facile. Pas qu'il soit gelé encore, mais on a eu quelques gelées.

Nathan secoua la tête. — Comme si Daniel avait le temps de gérer ça.

— Au moins, il a réglé l'affaire assez rapidement, commentai-je.

— Les jumelles vont être déçues. Je crois qu'elles espéraient que ça ait un rapport avec le meurtre de Vernon, dis-je.

— Je sais, intervint Emma. J'ai dit à ma mère de s'assurer de les tenir au courant de tout ce qui se passe à ce sujet. Sinon, elles trouveront un moyen de s'en mêler, et cette fois on parle d'un meurtre.

— J'ai l'impression qu'il n'y a eu aucun progrès dans l'enquête sur le meurtre. Franchement, ça me tracasse. Vernon a été assassiné, et nous n'avons même pas de suspect, dit Zoe avec un soupir.

— C'est un *meurtre*. J'ai l'impression que nous sommes tous sur des charbons ardents en ville. Pendant ce temps, nous attendons la lecture de ce testament, commentai-je. — Je n'arrive pas à croire que Daniel n'ait pas obtenu un mandat pour le consulter plus tôt.

La conversation s'interrompit quand le repas de Zoe arriva. Après que la serveuse eut vérifié que tout le monde avait ce qu'il fallait, nous reprîmes là où nous nous étions arrêtés. Zoe prit une bouchée de son hamburger avant de dire : — Je suis certaine que Daniel a obtenu un mandat pour le testament. Il ne m'en parle pas, c'est tout. Ce qui est normal. Je suppose qu'il attend de voir ce qui va se passer d'ici à ce qu'il soit examiné au cabinet d'avocat.

— Ce n'est pas tant ce que dit le testament, mais qui était au courant, dit Liam, finissant son hamburger et repoussant son assiette.

— Exactement. Nous devons découvrir qui était au courant. En plus, Penelope va aller parler avec Edwin et je suis curieuse d'en entendre parler, dis-je.

— Ah oui. Cette histoire d'assurance. C'est étrange que personne n'en ait entendu parler quand c'est arrivé. Tout ce que je savais, c'est qu'Edwin avait perdu une partie de ses pouvoirs, dit Nathan.

— Je trouve difficile à croire que si Edwin était vraiment contrarié, il choisirait de tuer Vernon en le frappant à la tête, suggéra Emma.

— Je ne connais pas bien Edwin moi-même, mais je trouve étrange de penser qu'il n'utiliserait pas la magie, dis-je.

Derrière notre table, une voix s'éleva. — Mon oncle ne ferait *jamais* de mal à quelqu'un.

En me retournant, je vis une femme qui s'approchait. Elle était vraiment charmante, ses cheveux d'un roux cuivré avec des reflets dorés. Ses joues crémeuses et parsemées de taches de rousseur étaient roses quand elle s'arrêta près de notre table.

— Je viens de le voir aujourd'hui, et je ne peux pas croire que quelqu'un pense que la demande d'indemnisation qu'il a déposée — tout à fait légitimement dans ces circonstances — l'aurait conduit à assassiner cet homme, dit la femme.

— Je ne crois pas avoir eu le plaisir de vous rencontrer, dit Nathan en se levant de table pour se placer aux côtés de la femme.

— Il fallait que Nathan choisisse ce moment pour flirter, marmonnai-je à voix basse à Liam. Il ne rit pas à haute voix, mais je sentis sa légère tension alors qu'il réprimait un petit rire.

— Juste pour clarifier, personne ici n'accuse votre oncle de meurtre, précisai-je.

— J'espère bien, répondit la femme, avant de tourner ses yeux verts pétillants vers Nathan. Je suis Edie, la nièce d'Edwin.

— Nathan Good, répondit Nathan avec assurance. Je suis sûr que vous conviendrez qu'il est préférable que la police écarte votre oncle de la liste des suspects le plus rapidement possible.

— Ce qui serait vraiment *bon* — elle appuya lourdement sur le mot « bon » — c'est que vous laissiez la police faire son travail.

Zoe se retourna sur sa chaise, repoussant ses boucles brunes de son épaule. — Bonjour, dit-elle en souriant. C'est le premier meurtre à

Charm Cove depuis longtemps, et ça agite tout le monde. Au fait, je suis Zoe Levesque. Mon mari est le chef de la police. Ce n'est pas parce que nous spéculons sur l'enquête que nous n'accordons pas à Daniel la possibilité de faire son travail. Je suis contente que vous soyez là pour prendre des nouvelles d'Edwin. J'imagine que tout cela est stressant pour lui. Comment va-t-il ? demanda Zoe.

La tension sur le visage d'Edie s'atténua légèrement, et elle haussa les épaules. — Il va bien. Il n'est même pas un peu inquiet. Je venais lui rendre visite de toute façon quand j'ai entendu tout ce chahut à propos du meurtre à Charm Cove. Trop de sorcières et de sorciers dans le coin si vous voulez mon avis.

— Pourquoi ne vous joignez-vous pas à nous ? suggéra Nathan, en se tournant adroitement pour attraper une chaise vide à une table voisine et la faire glisser à côté de la sienne, heurtant l'épaule d'Emma au passage. Emma se contenta de lever les yeux au ciel.

Le regard d'Edie fit le tour de la table, sa bouche se tordant légèrement tandis qu'elle nous examinait. — Tant que personne ne pense que mon oncle Edwin a quoi que ce soit à voir avec ce meurtre.

— Eh bien, personne à cette table ne le pense, intervint Emma. Quand ces papiers d'assurance ont été mis au jour, nous avons tous pensé qu'il était préférable que Daniel l'écarte rapidement de la liste des suspects. Vous êtes d'accord, n'est-ce pas ?

Edie souffla et hocha la tête. — Bien sûr. Je pourrais aussi bien me joindre à vous. Peut-être que vous pourrez me donner un peu plus d'informations. Tel que c'est, l'oncle Edwin est beaucoup trop serein à propos de toute cette histoire.

— Joignez-vous à nous, proposai-je en déplaçant un peu ma chaise. Emma et Jackson firent de même, créant un peu plus d'espace pour Edie.

Elle s'assit et continua : — Quand j'ai demandé comment je pouvais savoir ce qui se passait, l'oncle Edwin m'a dit de venir dans ce bar. Apparemment, il pense que tous les potins circulent ici. — Elle fit une pause, son regard balayant la salle. — C'est certainement bondé.

— Si cela ne vous dérange pas que je demande, commençai-je, d'où venez-vous ?

À ce moment-là, la serveuse arriva pour voir si Edie désirait quelque chose. Elle commanda un verre de vin et du fish and chips.

Après le départ de la serveuse, Edie reprit le fil de la conversation. — Edwin est le frère aîné de ma mère. Elle a quitté Charm Cove après être tombée amoureuse de mon père. Puisque je suis sûre que vous vous le demandez, oui, je suis une sorcière. Ma mère est, bien sûr, une sorcière. Mon père est un sorcier du nord du Maine. La famille de mon père est très discrète. Les parents de mon père n'étaient pas tous les deux surnaturels. Pour mettre mon grand-père un peu plus à l'aise, ma grand-mère a quitté Charm Cove après que tous leurs enfants ont terminé le lycée. Edwin est le seul qui reste dans la région. Je ne suis peut-être pas de la royauté de Charm Cove — son regard glissa sur le côté vers Nathan en levant les yeux au ciel — mais je suis suffisamment puissante.

— La royauté de Charm Cove ? répliqua Nathan avec un sourire jouant aux coins de sa bouche.

— Eh bien, vous *êtes* un Good. Je vous connais tous les deux. — Elle fit une pause, ses yeux se déplaçant vers Liam et moi. — Vous êtes le couple prédestiné Wicked et Good. Comme vous le savez, Edwin était vraiment puissant en son temps. Cet accident lui a vraiment porté un coup.

— Il semble bien, offrit Liam à côté de moi. Je suis triste d'apprendre qu'il n'a pas fait savoir à tout le monde ce qui s'est réellement passé.

— Eh bien, j'ai l'intention de remédier à cela. Les Ouellette s'en sont tirés cette fois-là. Il était mortifié d'avoir perdu tant de pouvoir. Ils ont profité de ça. Ils devraient être tenus responsables. Je n'arrive pas à croire que quelqu'un puisse penser que mon oncle assassinerait quelqu'un à cause de ça, dit fermement Edie.

— Aucun d'entre nous ne l'a pensé, commentai-je. Nous avons juste pensé qu'il valait mieux remettre ces documents à la police. Parce que si nous sommes tombés sur ces papiers, c'est certain que la police le ferait tôt ou tard.

Edie sembla apaisée par cela. Quand la serveuse arriva avec une autre tournée de boissons et la commande d'Edie, la conversation évolua. Nathan passa en mode séduction, tandis qu'Edie se contentait de lever occasionnellement les yeux au ciel.

— Est-ce que tu dragues toutes les nouvelles filles que tu rencontres ? demanda-t-elle de façon directe.

Nathan afficha un rapide sourire. — Peut-être.

Liam lui donna un coup de coude dans le côté. — Tu perds la main, mon vieux.

CHAPITRE ONZE

— Je suis *absolument* certaine qu'Edwin n'a rien à voir avec tout ça, déclara ma tante Penelope, ses bracelets tintant alors qu'elle posait une main sur sa hanche.

—Je te crois, bien sûr, Tante Penelope, répondis-je.

— Ce pauvre homme a passé une année vraiment difficile, dit-elle, les yeux embués de larmes. Penelope était une sorcière plutôt émotive.

— D'accord, d'accord, dis-je en contournant le comptoir de la boutique pour la serrer rapidement dans mes bras.

Elle recula, prit une profonde inspiration et se ressaisit.

— Je ne savais pas qu'Edwin comptait autant pour toi, proposai-je doucement.

Elle renifla légèrement, sortant un mouchoir de sa poche pour tamponner son nez et ses yeux. — Eh bien, je n'en parle pas beaucoup. Je pense que si la vie ne s'en était pas mêlée, Edwin et moi aurions vécu une grande histoire d'amour. En l'état, nous nous amusons bien, dit-elle avec un sourire malicieux, ses yeux bleus pétillants.

Penelope était la sœur de mon père et très proche de ma mère. Grande et élancée, ses cheveux presque entièrement argentés étaient retenus par une barrette. Penelope était très belle, avec un air élégant et gracieux. Elle ressemblait à une hippie vieillissante avec ses jupes et ses chemisiers colorés et fluides, et son sourire éternellement chaleureux.

C'était une sorcière très puissante, connue pour ses sorts qui partaient parfois un peu de travers. Son dévouement à explorer tout ce que l'univers avait à offrir dans les années soixante et soixante-dix — quand elle avait essayé toutes les drogues qui lui tombaient sous la main — semblait avoir affecté ses pouvoirs. Sa magie ne tournait jamais vraiment mal. C'était juste que ses sorts étaient souvent légèrement décalés. Elle était incroyablement loyale, attentionnée et protectrice.

Après un moment, Penelope secoua légèrement la tête et commenta : — Bon, assez parlé de ça. Bien que cela me contrarie, je comprends qu'il est bon d'écarter certaines pistes. Je suppose que c'est mieux que tu te sois téléportée pour trouver ces papiers d'assurance. Edwin est très discret et préfère ne pas étaler ses affaires personnelles publiquement. Mais je préfère que ce soit toi qui les trouves plutôt que la police bien plus tard. Ça aurait pu paraître beaucoup plus suspect.

— Edwin habite juste à côté de la propriété des Smitty, a-t-il une idée de qui aurait pu vouloir faire du mal à Vernon ? demandai-je.

Penelope secoua la tête. — Pas vraiment. Je veux dire, bien sûr, il vit juste à côté depuis des années. Mais tu connais les Smitty. Cette famille est *tellement* snob, dit-elle avec un reniflement. Ils aiment prétendre qu'ils ne savent rien des sorcières et des sorciers, mais ce n'est pas vrai. Ils sont ici depuis trop longtemps pour ne pas savoir. Quand j'ai parlé avec Edwin hier, il m'a dit qu'ils lui adressent à peine la parole. Comme nous tous, il est au courant qu'il y a eu une brouille entre Vernon et l'un de ses frères au sujet de l'entreprise. Si tu veux mon avis, nous devons découvrir ce qui se cache derrière tout ça.

— Je suis d'accord, répondis-je. Zoe pense que Daniel a probablement déjà vu le testament. Elle suppose qu'il n'en parle pas parce qu'il attend de voir si quelque chose d'autre se produit avant la lecture officielle à la famille.

— Ça se tient. Penelope hocha la tête. — Je vais rester chez Edwin en attendant. Edie loge dans l'ancien cottage de sa mère. Edwin possède l'ancienne propriété familiale, et sa mère vivait dans le cottage du gardien. Je ne veux pas qu'il reste là-bas tout seul. Pas sans ses pouvoirs, et pas avec les soupçons qui planent autour de lui. Sans parler de ce stupide vol mis en scène concernant la grue. Je suis si contente qu'ils aient réglé ça rapidement. Des gens stupides et cupides, dit-elle avec un souffle d'indignation.

Penelope m'avait apporté un café et un scone de Magic Beans, m'appelant alors que je commençais à traverser la pelouse pour aller en chercher moi-même. En sirotant mon café, j'aperçus un groupe de personnes qui passait devant la boutique sur le trottoir et s'arrêtait pour regarder à travers la porte.

— Je dois ouvrir le magasin. Tu es la bienvenue si tu veux rester, proposai-je.

Penelope secoua la tête. — Non, merci, ma chérie. Le réfrigérateur d'Edwin est presque vide. Je vais faire quelques courses pour remplir sa cuisine et lui préparer un bon dîner ce soir.

Je lui fis un clin d'œil. — Je suis sûre qu'Edwin appréciera. Sans parler de ta compagnie.

Ses lèvres s'étirèrent en un sourire malicieux, une lueur apparaissant dans ses yeux. — C'est bien possible. Je te reverrai bientôt, j'en suis certaine.

Elle m'accompagna jusqu'à la porte tandis que je l'ouvrais pour laisser entrer les clients. Me soufflant un baiser, elle fit un signe de la main avant de s'éloigner rapidement. L'arrivée du premier groupe de clients fut suivie par d'autres, et je fus emportée dans une journée très chargée. Au moment où le soleil se couchait et où j'avais dit au revoir aux jumelles quand Emma était venue les chercher, j'étais épuisée.

Liam m'envoya un message pour me faire savoir qu'il avait quelques minutes de retard, alors j'en profitai pour vérifier notre stock de potions dans l'arrière-boutique. En parcourant les étiquettes, je notai les articles dont nous avions besoin, principalement nos philtres d'amour. Ils étaient très populaires et vendus comme remèdes à base de plantes.

Juste au moment où je terminais l'inventaire, on frappa légèrement à la porte de derrière. Je glissai mes hanches du tabouret et me dirigeai vers la porte pour l'ouvrir. Liam attendait là, ses yeux bleus brillant dans la lumière argentée du crépuscule. — Prête à partir ? demanda-t-il.

— Entre, je suis presque prête. Je commençais à me retourner, mais sa main attrapa mon coude. En me retournant, je souris tandis qu'il se penchait pour déposer un baiser sur mes lèvres.

— Tu as l'air fatigué, observa-t-il en se redressant, relâchant sa légère prise sur mon coude.

— Je le suis. La journée a été chargée ici. Je dois lancer un sort de protection sur la porte d'entrée. Je reviens tout de suite.

Me précipitant vers l'avant du magasin, je fis rapidement un mouvement du poignet, lançant le sort supplémentaire de protection. Avant de me retourner, mon attention fut attirée par un mouvement brusque de l'autre côté de la rue. En regardant par la fenêtre, je vis deux personnes qui trébuchaient sur le trottoir près du square. D'abord l'une puis l'autre essayaient de retrouver leur équilibre, pour trébucher à nouveau.

Un frisson me parcourut l'échine. Quoi qu'il se passe, je sentais que c'était un sort.

— Liam, appelai-je par-dessus mon épaule.

Il vint à l'avant du magasin, s'arrêtant à mes côtés. — Oui ?

— Je crois que quelqu'un a lancé un sort de trébuchement ou d'étourdissement, dis-je en pointant les personnes de l'autre côté de la rue.

— Oh, ça y ressemble bien. C'est Daniel, observa Liam.

Me penchant en avant, je m'exclamai : — Oh non ! Nous devons aller voir s'il va bien.

Avec un autre mouvement du poignet, j'annulai le sort de protection sur la porte, et nous nous précipitâmes dehors. Traversant la rue, nous arrivâmes à ses côtés ensemble. — Ça va, Daniel ? demandai-je.

Il avait l'air plutôt contrarié. — J'irais bien. Mais je suis quasiment certain que quelqu'un m'a lancé un sort d'étourdissement. Je n'arrive même pas à voir droit.

Avant que Liam et moi n'ayons eu le temps de dire quoi que ce soit d'autre, Opal Good, la tante de Liam, s'arrêta en dérapant sur le trottoir à côté de nous. — Que se passe-t-il ? demanda-t-elle d'un ton vif.

— Daniel pense que quelqu'un lui a lancé un sort d'étourdissement. Est-ce que vous... commençai-je.

Opal m'interrompit. — Je peux l'annuler. Fermant les yeux, elle posa sa main sur son épaule. Après un instant, elle la retira. — Comment vous sentez-vous maintenant ? demanda-t-elle.

Daniel secoua légèrement la tête. — Bien. Ça a fonctionné. Mais que diable se passe-t-il ?

— Un instant, dit Opal, se tournant et marchant à grands pas vers l'autre personne qui continuait d'essayer de marcher, bien qu'en zigzaguant, sur le trottoir. Elle s'arrêta à côté de la femme et posa sa main sur son épaule. En l'espace d'une minute environ, la femme la remercia et s'éloigna.

Revenant là où nous attendions, Opal expliqua : — Je viens de voir les frères Ouellette qui trébuchaient aussi. Quelqu'un s'amuse à lancer des sorts idiots.

Daniel semblait plus que contrarié. — Y a-t-il quelque chose que vous puissiez faire pour prévenir ce genre de sorts ? demanda-t-il, nous regardant tour à tour.

— Bien sûr que nous le pouvons. Opal fit un mouvement du poignet vers Daniel. — Voilà, vous avez un sort de protection temporaire. Ils ne durent pas très longtemps pour les humains, mais cela devrait tenir quelques jours.

— Je ne sais pas combien de magie je veux encore affronter. Merci pour votre aide. Je dois y aller. Daniel n'ajouta rien de plus, se retournant et traversant le square de la ville pour rejoindre sa voiture de patrouille garée de l'autre côté.

Regardant Opal, Liam demanda : — As-tu aussi aidé les frères Ouellette ?

Opal haussa délicatement une épaule. — Bien sûr. J'ai hésité un instant, vu leur bêtise avec ce vol mis en scène, mais personne ne mérite un sort d'étourdissement comme celui-là. Les cheveux argentés et noirs d'Opal étaient tirés en un chignon serré. La douce lueur des réverbères illuminait son étole de laine rouge.

— Certainement pas, murmurai-je. — Je suis contente que vous soyez passée par là. Éliminer les sorts lancés par d'autres n'était pas un pouvoir courant. J'étais heureuse qu'Opal se trouve dehors à ce moment-là. — En attendant, je suppose que nous devons rester vigilants concernant les sorts d'étourdissement.

— J'adorerais rester bavarder, mais Theo et moi dînons à l'extérieur ce soir. Content de te voir, Liam, dit-elle, se haussant pour déposer un baiser sur sa joue.

Liam se pencha pour la rencontrer à mi-chemin. — Toujours un plaisir de te voir, Tante Opal.

— Bonne nuit, ma chère, dit-elle, me donnant également un rapide baiser sur la joue.

Les bottines à petits talons d'Opal claquaient sur le trottoir tandis qu'elle s'éloignait d'un pas vif. Je levai les yeux vers Liam. — Je mange-rais bien une pizza. Rentrons à la maison et végétons devant la télé.

— Ça me semble un bon plan. Je pense que nous devrions passer quelques coups de fil en rentrant. Non pas que les sorts d'étourdisse-ment soient horribles, mais...

Ses mots s'estompèrent. Un sort d'étourdissement ou de trébuche-ment pouvait être plus qu'un simple inconvénient. Un tel sort avait accidentellement tué un homme il y a plus d'un an et demi lorsqu'il était tombé dans la fontaine du square de la ville. Bien sûr, un peu d'al-cool combiné à un tel sort le rendait encore plus dangereux.

— Je n'arrive pas à comprendre pourquoi quelqu'un ferait ça, commentai-je. — À moins que ce ne soit un adolescent qui ne sait tout simplement pas ce qu'il fait avec sa magie. Au moins, je sais que les jumeaux ne feraient pas ça. Ils savent que c'est mal.

— Certainement pas, répondit Liam en prenant ma main dans la sienne.

Nous traversâmes à nouveau la rue, verrouillant et lançant des sorts de protection sur les deux portes avant de monter dans sa voiture pour aller chercher une pizza en rentrant.

CHAPITRE DOUZE

Mes jambes reposaient sur les genoux de Liam avec la boîte de pizza posée sur mes genoux pendant que nous savourions notre dîner. Nous n'étions pas *si* sauvages non plus. Nous avions des assiettes et des serviettes. Je dégustais un verre de vin tandis que la bière de Liam était posée sur la table basse. Le ronronnement de Ghost résonnait depuis l'endroit où il faisait la sieste, lové à sa place préférée de l'autre côté de Liam. La télévision diffusait les informations du soir à faible volume.

— Alors, tu penses que c'est Edie ? ai-je demandé entre deux bouchées.

Liam a fini de mâcher sa dernière bouchée avant de poser son assiette sur la table basse et de prendre sa bière. — Oui. Nathan pense qu'elle est furieuse contre Daniel parce qu'il prend les papiers d'assurance trop au sérieux. Il pense aussi qu'elle prend ses pouvoirs de sorcière un peu trop à la légère.

— Si Nathan trouve que quelqu'un prend quelque chose trop à la légère, c'est vraiment significatif, ai-je commenté. Après avoir terminé ma pizza, j'ai posé mon assiette vide sur la table basse ainsi que la boîte à pizza avant de me renfoncer dans les coussins avec un soupir.

Liam a ri doucement. — Bien vu pour Nathan. Il emmène Edie dîner ce soir.

— Quoi ?

— Apparemment, il l'a vue à Magic Beans ce matin et l'a invitée à dîner.

— Comme un rendez-vous ? ai-je rétorqué, incapable de cacher l'incrédulité dans ma voix.

Liam m'a jeté un coup d'œil en buvant une gorgée de sa bière. En l'abaissant, il m'a fait un clin d'œil. — C'est ça. Un rendez-vous. Je pensais que ça te ferait plaisir. Il a légèrement pressé mon mollet qui reposait sur ses genoux.

— Je croyais qu'il avait juré de ne plus sortir avec personne après tout ce qui s'est passé avec Annette et son sort de sirène l'été dernier, ai-je répondu.

— Tu ne pensais pas que ça durerait, si ? m'a taquiné Liam, s'arrêtant pour frotter ses articulations sous le menton de Ghost.

— Peut-être pas. Mais après avoir cru être follement amoureux et prêt à se marier en l'espace d'une journée, je ne lui en voudrais pas de vouloir renoncer à l'amour.

Quelques semaines avant notre mariage, une sorcière qui avait perfectionné son unique pouvoir – la capacité d'attirer les autres à elle – était apparue à Charm Cove avec l'intention d'épouser le sorcier Good prédestiné. Dans son chagrin tordu suite à la mort de son propre fiancé, elle s'était accrochée à cette légende, pensant que cela expliquerait pourquoi l'homme qu'elle aimait était mort tragiquement dans un accident de voiture avant leur mariage.

Hélas, elle avait jeté son sort sur le mauvais sorcier Good : Nathan. Il était effectivement tombé temporairement amoureux fou d'elle. Il avait les yeux de veau et était lunatique à son sujet pendant des jours. Une fois le sort terminé, il avait été tellement mortifié par son propre comportement qu'il avait juré par tous les saints qu'il ne tomberait plus jamais amoureux de personne.

— Tu connais Nathan. Il adore les femmes, et il trouve Edie sexy.

J'ai levé les yeux au ciel. — D'accord, très bien. Mais pourquoi diable pense-t-il qu'elle aurait lancé des sorts d'étourdissement sur la police et les frères Ouellette ?

— Elle est très protectrice envers Edwin. Daniel est venu faire un entretien avec lui. Daniel l'a pris au sérieux comme il se doit, et je suppose qu'elle a pensé qu'il pourrait arrêter Edwin.

— Oh non. J'espère que Nathan lui parlera.

— En fait, il espère que ce sera toi qui lui parleras.

— Moi ?

Les lèvres de Liam se sont serrées alors qu'il essayait de ne pas rire. Il a finalement cédé et a éclaté de rire. Quand il a réussi à s'arrêter, il a haussé les épaules. — Nathan ne veut pas qu'Edie soit contrariée contre lui s'il mentionne ce sujet parce que... Tu sais.

— Il essaie d'arriver quelque part avec elle ? ai-je suggéré serviablement.

— Quelque chose comme ça. Quoi qu'il en soit, je crois qu'il lui a dit de passer à ta boutique demain. Il m'a demandé de te demander d'essayer de la calmer pour qu'elle ne soit plus fâchée contre Daniel qui ne fait que son travail.

— Peu importe. Je suis contente qu'on ait trouvé ces documents d'assurance. Ils allaient être découverts de toute façon, alors mieux vaut plus tôt que plus tard, non ?

— Certainement. Sinon, ça aurait pu sembler comme si Edwin essayait de les dissimuler. As-tu eu des nouvelles de Daniel ? Ou mieux encore, de Zoé ?

J'ai secoué la tête. — Tu le sauras en même temps que moi.

Le lendemain, je savourais encore mon café de Magic Beans lorsqu'Edie est arrivée à la boutique. Quelques feuilles ont tourbillonné à l'intérieur avec elle. Le vent était déchaîné ce matin, arrachant les feuilles d'automne des branches d'arbres et les envoyant virevolter partout.

Edie s'est arrêtée pour dégager ses cheveux cuivrés de son visage, les lissant de sa main. — Bonjour, Moira, a-t-elle lancé lorsqu'elle m'a aperçue derrière le comptoir.

— Bonjour, Edie, content de vous voir ici.

Elle a regardé autour de la boutique avant de s'approcher du comptoir et d'y poser sa main sur le bord tout en examinant la vitrine en verre. — Nathan m'a dit de passer. Il a dit que je pourrais trouver des cadeaux et peut-être même quelques potions.

— N'hésitez pas à regarder, ai-je dit en faisant un geste de la main vers les présentoirs et les étagères disposés dans la boutique. — Si vous avez des questions, faites-le-moi savoir. Nous vendons principalement des cadeaux, mais nous avons aussi de véritables potions. Connues comme potions uniquement par les sorcières, bien sûr.

Les lèvres d'Edie se sont retroussées en un léger sourire. — Bien sûr. Eh bien, pourquoi ne pas me montrer où se trouvent les potions ? Je peux trouver des babioles n'importe où.

Café en main, j'ai contourné le comptoir et je l'ai amenée vers les étagères où nous avions exposé les potions.

— Comme vous pouvez le voir, les filtres d'amour sont les plus populaires. Ils se vendent généralement très bien. Nous devons limiter ce que nous proposons en ligne car ça part vite, et nous ne pouvons en fabriquer qu'une quantité limitée.

Edie a hoché la tête tout en soulevant une bouteille d'*L'Amour Trouvera Son Chemin*. — Oui, je n'imagine pas que vous puissiez les fabriquer en grande quantité.

J'ai secoué la tête, souriant lorsqu'elle a jeté un coup d'œil dans ma direction avec un clin d'œil. — Absolument pas. Nous n'y mettons pas beaucoup de magie, si tu te posais la question. C'est vraiment un remède à base de plantes avec une pincée de magie. Juste assez pour que ça fonctionne.

Edie a reposé la bouteille et s'est retournée, balayant du regard quelques baguettes décoratives exposées sur l'étagère en face des potions. — Est-ce que celles-ci contiennent de la magie ?

— Pas habituellement. De temps en temps, nous pourrions en imprégner une de magie si nous savons qui va l'acheter. La plupart du temps, elles sont simplement décoratives. Nous capitalisons sur les rumeurs concernant Charm Cove.

— Une stratégie commerciale intelligente, a-t-elle commenté avec un hochement de tête approbateur.

Elle a déambulé dans le magasin, posant encore quelques questions. À un moment donné, j'ai été appelée par un groupe de touristes, mais je suis rapidement revenue discuter avec elle au comptoir après les avoir encaissés.

Une fois que nous nous sommes retrouvées seules dans le magasin, elle a penché la tête d'un côté et m'a observée, son regard évaluateur. — Honnêtement, je pensais que je n'aimerais pas Charm Cove. Même si je suis proche de l'oncle Edwin, nous n'avons pas passé beaucoup de temps ici. Je trouvais un peu ridicule l'idée d'être dans une ville remplie de sorcières et de sorciers. Mais en fait, j'aime plutôt bien.

Croisant son regard, j'ai souri. — Tu sais, j'ai quitté Charm Cove pendant quelques années. D'abord pour l'université, puis... Eh bien, j'ai essayé de fuir mon destin, ai-je expliqué.

— Vraiment ? C'est fou. Je veux dire, vous êtes la Wicked prédestinée de cette génération. N'avez-vous pas, Liam et toi, toujours su que vous étiez faits l'un pour l'autre ?

— Bien sûr, mais c'était assez lourd à porter. Nous sommes sortis ensemble au lycée, puis nous étions tous les deux à l'université. Nous étions si jeunes et stupides. Il y avait une fille qui a commencé à flirter avec lui, et... En fait, beaucoup de filles flirtaient avec lui.

Edie a ri. — Je veux bien le croire. Ces hommes Good sont agréables à regarder.

— Oh, certainement. Quoi qu'il en soit, je suis devenue jalouse. Nous avons rompu et puis je suis devenue *vraiment* jalouse. Maintenant, je n'arrive même pas à croire que nous ayons jamais rompu, mais c'est arrivé. Disons simplement que parfois la magie peut mal tourner, et c'était définitivement l'un de ces moments. J'ai déménagé à New York, jurant de renoncer à la magie pour le reste de ma vie.

— Mais nous ne nous sommes jamais oubliés, et je suis finalement revenue à la maison. Dire que nous étions sous pression concernant notre mariage prédestiné pendant les années où nous étions séparés est l'euphémisme du siècle. — M'arrêtant, j'ai secoué la tête avec un soupir. — Il y a seulement un an et demi environ, nous sommes tous les deux revenus ici. Destin ou pas, j'ai réalisé que je l'avais toujours aimé et que je ne pouvais pas renoncer à la magie. C'est tout simplement impossible. C'est une partie de qui je suis. D'une certaine manière, c'est probablement la plus grande partie de mon identité, et pas seulement parce que je suis la Wicked prédestinée de cette génération.

Edie est restée silencieuse, écoutant attentivement. Après quelques instants, elle a lentement hoché la tête. — Je n'ai jamais essayé de renoncer à la magie. Je ne peux pas imaginer à quel point ce serait difficile. Quand on en a, eh bien, on sait que c'est une énorme partie de qui l'on est.

Acquiesçant, j'ai ajouté : — Je suppose que c'était ma façon longue d'expliquer qu'une fois que tu es dans un endroit comme Charm Cove, il est difficile d'être ailleurs. Ne te méprends pas, j'ai épousé Liam parce que je l'aime. Mais essayer de vivre loin d'ici était si difficile. Bien sûr, nous savons tous qu'il y a des sorcières partout, mais pas autant qu'ici. C'est tout confidentiel presque partout ailleurs où j'ai été. Ce n'est pas comme si tu pouvais pratiquer la magie ou en discuter ouvertement dans de nombreux endroits.

— Ma mère disait ouvertement que Charm Cove lui manquait, mais elle aimait mon père, alors ils ont fait avec. Je suppose que je n'avais simplement pas réalisé ce que ce serait d'être quelque part où je peux être si ouverte sur le fait d'être une sorcière.

— Tu peux être ouverte avec d'autres sorcières et sorciers ici, mais pas avec tout le monde, ai-je prévenu.

— Oh, je sais. Mais c'est le seul endroit où il est assez facile de savoir qui est qui. J'aime être quelque part où je peux regarder autour de moi et supposer qu'au moins la moitié des personnes que je vois chaque jour sont des sorcières et des sorciers. Je peux utiliser ma magie, jeter des sorts et m'amuser un peu.

Au moment où elle a dit cela, j'ai vu mon ouverture et j'ai décidé de la saisir. — En parlant de s'amuser un peu, quelqu'un a jeté un sort d'étourdissement sur le chef de police et d'autres personnes hier soir. Des sorts comme celui-là sont généralement inoffensifs, mais pas toujours. J'espère que ce n'était pas toi.

Edie est restée silencieuse un moment, puis a haussé les épaules. — D'accord, c'était moi. Je me suis dit que ça ne ferait de mal à personne. J'étais vraiment en colère après que le chef de police soit venu interroger Edwin.

— Edie, je comprends. Tu es protectrice envers ton oncle et c'est une bonne chose. Mais l'été d'avant-dernier, quelqu'un est mort à cause d'un sort de trébuchement. — Edie a eu un hoquet de surprise, et j'ai continué : — Sérieusement. L'histoire est un peu ridicule et implique un triangle amoureux. Deux femmes étaient en colère et c'est ce qu'elles ont fait. Après avoir bu quelques verres, l'homme est tombé dans la fontaine et s'est noyé.

Edie semblait proprement horrifiée et réprimandée. — D'accord, d'accord. Je comprends. Plus de jeux avec les sorts.

— Limite-les au minimum. C'est tout ce que je dis. Tu sais, peut-être rendre les cheveux de quelqu'un verts, ou quelque chose d'inoffensif comme ça.

Edie a éclaté de rire. — Compris.

— Alors, penses-tu rester à Charm Cove ? ai-je demandé, soulagée d'avoir pu l'interroger sur les sorts d'étourdissement sans qu'elle se mette en colère contre moi.

— En fait, c'est possible. Ma situation professionnelle à la maison n'est pas géniale de toute façon. Nous sommes assez au nord pour que les touristes ne remontent pas vraiment jusque-là, pas comme ici. Charm Cove est peut-être petit, mais c'est animé.

— Tu ne te sentiras certainement jamais seule en tant que sorcière ici. En parlant de ne jamais se sentir seule, j'ai cru comprendre que Nathan t'a déjà convaincue de dîner avec lui, ai-je taquiné.

Edie a souri. — En effet. C'est *vraiment* un flirteur. Je m'étais dit que je ne dirais pas oui, et puis je l'ai fait. Dis-moi, est-ce qu'il joue avec les femmes ?

— Oh, c'est définitivement un flirteur, mais c'est un type bien. Je te le promets. C'est un sorcier assez puissant.

— Que fait-il ? a-t-elle demandé.

— Il gère le phare de Beacon's Charm et possède également une entreprise de sirop d'érable. C'est un gars responsable et respectable, si c'est ce que tu te demandes.

Les joues d'Edie ont légèrement rougi. — Ce n'est qu'un dîner.

À ce moment-là, un autre groupe de clients a franchi la porte du magasin. Edie a reculé quand un client s'est approché du comptoir. — C'était agréable de discuter avec toi, Moira. Je suis définitivement ici pour une ou deux semaines encore, alors j'espère qu'on pourra se revoir. — Avec un signe de la main, elle s'est éloignée, et je me suis occupée des clients.

CHAPITRE TREIZE

— Que veux-tu dire par « quel comptable » ? demanda Emma en levant les yeux vers Opal.

— Celui qui nous aide avec Beauty Bewitched. Opal ajusta son sac sur son épaule et ajouta : — Dana m'a dit qu'elle sait que le père de Vernon lui a tout légué. Il y a toujours eu de la rancœur entre lui et son frère.

Emma et moi dînions au Charm Café. Liam devait travailler tard en raison d'une réunion d'investissement. Fatiguée après le travail, je n'avais pas eu le courage de cuisiner, alors j'avais appelé Emma. Opal s'était arrêtée à notre table en partant.

— Mais que sait-elle à propos de l'autre frère ? demandai-je.

— Elle ne m'a pas donné beaucoup plus d'informations, juste ça. Je vais parler à ta mère et lui demander de trouver ce qu'elle peut, expliqua Opal.

Notre conversation fit une pause quand notre serveuse arriva pour nous apporter un panier de petits pains frais et deux verres de vin. — Comment ma mère peut-elle nous aider ? demandai-je quand la serveuse s'éloigna.

— Grâce à son accès aux registres fonciers, dit Opal, comme si cela aurait dû être parfaitement évident pour moi.

— Qu'est-ce que ça va nous apprendre sur la raison de la brouille entre Vernon et son frère ? Elle a déjà commencé à vérifier si certaines de ses propriétés avaient été mises sur le marché.

Opal hocha la tête. — La famille Smitty est dans le Maine depuis toujours. Le père de Vernon était perspicace en affaires. Il a beaucoup investi dans des propriétés forestières au nord. Il n'en a jamais développé beaucoup. Ta mère pourra déterminer exactement combien de possessions il a. Je la verrai pour un café demain matin, expliqua Opal. — Entre-temps, j'ai dit à Daniel qu'il devait être présent à la lecture de ce testament.

— Tu ne trouves pas que c'est un peu intrusif que la police se présente à quelque chose comme ça ? réfléchis-je. — Si tu veux mon avis, il ne fait aucun doute que Daniel a déjà vu ce testament.

— Bien sûr, mais il voudra voir comment les gens réagissent, ajouta Emma.

— Ça ne me surprendrait pas que la famille ne lui permette pas d'être là. Je dis que quelqu'un devrait se dissimuler et y aller. Ensuite, on pourra voir comment tout le monde se comporte sans que la police ne les surveille, suggérai-je.

— Oh, c'est une excellente idée. Qui a des pouvoirs de dissimulation ? demanda Emma.

Opal hocha lentement la tête, le regard pensif. — Béatrice en a.

— Béatrice Powers ? demandai-je.

Le sourire d'Opal était rusé. — Oh oui. Vous oubliez toutes les deux à quel point cette femme était puissante à son apogée. Elle est toujours aussi puissante, mais elle fait profil bas ces jours-ci. Elle est trop âgée pour utiliser ses pouvoirs si fréquemment. La dissimulation est l'un des pouvoirs héréditaires dans sa famille.

— Tu la vois habituellement le matin, n'est-ce pas ? demanda Emma en me regardant.

— Souvent après avoir pris mon café au Magic Beans et en retournant au magasin. Je vais prévoir de la trouver et de lui en parler demain matin. Savez-vous à quelle heure la lecture du testament est prévue ?

— Apparemment vendredi à midi, répondit Opal. — C'est prévu dans les bureaux juridiques à Windy Bay. Béatrice aura besoin que quelqu'un la conduise. Je ne voudrais pas qu'elle fasse quelque chose comme ça seule. Aussi puissante soit-elle, se dissimuler et se faufiler n'est pas une mince affaire.

— Prévoyons de l'emmener ensemble, dit Emma, me lançant un regard ferme avec un hochement de tête. — Les jumeaux peuvent s'occuper du magasin vendredi.

— Euh, ne seront-ils pas à l'école ? demandai-je.

— C'est la semaine des examens, et ils ont déjà terminé, répondit Emma.

— Excellent plan, les filles. Opal nous sourit largement.

Plus tard cette nuit-là, quand Liam était rentré et que nous nous détendions sur le canapé avec Ghost qui ronronnait à tout va, je lui ai expliqué notre plan pour le lendemain. — Qu'en penses-tu ?

— Je pense que je suis content que ça n'implique pas que tu te téléportes quelque part, répondit-il avec un sourire.

Je souris. — Je me doutais que tu apprécierais ça.

———

Quand vendredi arriva, comme prévu, Emma et moi sommes allées chercher Béatrice chez elle sur la place du village tard dans la matinée. J'avais laissé les jumeaux en charge du magasin, Lea promettant de passer les voir.

Béatrice monta sur le siège avant et nous adressa, à Emma et moi, un sourire radieux. — Bonjour, les filles, dit-elle en fermant la porte avec un geste élégant et en attachant sa ceinture de sécurité.

— Bonjour, Béatrice, dis-je en lui souriant. — Vous semblez très joyeuse aujourd'hui.

— Bien sûr que je le suis. Je dois avouer que j'adore faire partie des choses. En vieillissant, je reste impliquée dans les affaires municipales. Mais en ce qui concerne l'utilisation de mes pouvoirs, j'ai pensé qu'il valait mieux prendre du recul et laisser la prochaine génération s'amuser.

— Vous craignez de perdre la main avec vos pouvoirs ? demandai-je en commençant à conduire.

— Oh non. En fait, la magie est comme le vin. Elle vieillit très bien.

Emma renifla à cette remarque. — Vraiment ?

— Absolument, ma chérie. Quand on est jeune, elle est forte et sauvage, mais il faut apprendre à mieux la contrôler. À ton âge, on est déjà très puissant, mais les pouvoirs ne font que se développer avec le temps. Ce qui change en vieillissant, c'est à quel point ça peut être épuisant quand on utilise un de ses sorts les plus puissants. Je serai fatiguée ce soir, mais je me dissimule depuis que je suis enfant, donc je sais comment gérer le sort sans problème.

— La seule fois où je me souviens vraiment vous avoir vue vous dissimuler, c'était pour une promenade dans les bois à la Toussaint pour notre école primaire, commenta Emma depuis l'arrière.

— Oh là là, j'avais complètement oublié ces promenades, ajoutai-je.

Béatrice gloussa. — Est-ce qu'ils font toujours ces promenades pour les enfants ? Je devrais proposer à nouveau mes services.

—Je vais me renseigner. Bien que ce soit peut-être un moment délicat étant donné que Mme Smitty est maintenant l'une des enseignantes à l'école primaire.

—Elle l'est ? demanda Emma depuis le siège arrière.

—Oui. Ils l'ont transférée du lycée à l'école primaire l'année dernière. Honnêtement, je pense qu'elle convient mieux aux jeunes enfants. Elle rend les adolescents fous parce qu'elle les traite comme des petits enfants. Je suis sûre que les élèves du lycée sont soulagés.

Béatrice secoua la tête. —Je compatis pour elle. C'est vraiment déchirant. J'espère sincèrement que nous pourrons découvrir qui est responsable.

—J'espère que vous pourrez obtenir la réponse aujourd'hui, répondis-je.

Béatrice haussa les épaules. —Peut-être, peut-être pas.

CHAPITRE QUATORZE

Lorsque nous sommes arrivées à Windy Bay, Beatrice nous a fait nous garer sur le bord de la route à environ un kilomètre du bureau de l'avocat. J'étais très curieuse de la voir jeter le sort d'invisibilité. L'invisibilité ne faisait pas partie des pouvoirs de ma famille, et je n'avais jamais vraiment vu quelqu'un lancer ce sort.

Beatrice nous regarda tour à tour, Emma et moi. —Je vous dirais bien de ne pas regarder, mais je sais que vous le ferez quand même. Vous ne me verrez plus dès que j'aurai lancé le sort.

Avec un clin d'œil rapide, elle ferma les yeux et sortit une petite baguette de sa veste. Après un moment, elle agita la baguette d'avant en arrière. On aurait dit que des rideaux transparents scintillaient dans l'air pendant un instant. Puis, elle disparut.

Par curiosité, j'ai tendu la main pour voir si je sentais quelque chose de solide. —Wow, je ne sens qu'un soupçon de chaleur.

—Devrions-nous chanter la chanson « She's Gone » ? plaisanta Emma.

—J'adore Hall & Oates, intervint la voix désincarnée de Beatrice.

J'ai éclaté de rire.

—Allez, les filles, mettons-nous en route. Je peux maintenir ce sort pendant au moins deux heures, peut-être plus, mais je ne veux pas manquer une miette de la réunion, ajouta Beatrice.

Selon les instructions de Beatrice, nous nous sommes garées dans un parking adjacent à celui où se trouvait le bureau de l'avocat. J'ai pris soin de me garer de façon à ce que la vue de la portière passager soit masquée par les arbres juste à côté de la voiture. Beatrice nous avait expliqué que les gens pouvaient voir la porte s'ouvrir et se fermer quand elle sortait, alors elle préférait être prudente.

Une fois garées, je suis sortie et me suis dirigée vers le côté passager, ouvrant la portière et me penchant comme si je cherchais quelque chose dans la boîte à gants. —Tu peux bouger maintenant, ma chérie, dit Beatrice, sa voix ressemblant un peu à un disque rayé – faible et allant et venant.

Nous sommes entrées ensemble dans le bureau, simplement pour que je puisse ouvrir la porte à Beatrice afin qu'elle entre avec moi. Je me suis présentée à la réceptionniste sous prétexte de me renseigner sur un avocat qui ne travaillait même pas là.

De retour à la voiture quelques minutes plus tard, j'ai jeté un coup d'œil à Emma. —J'aimerais être une mouche sur le mur pendant cette réunion.

—Beatrice nous racontera tout.

—Oh, je sais. J'adorerais juste observer tout le monde en sachant que Beatrice est assise là, cachée à la vue de tous.

—Comment va-t-elle s'assurer d'être dans la bonne pièce ? demanda Emma.

—C'est pourquoi elle voulait arriver tôt. Son frère aîné, Paul, était déjà dans la salle d'attente. Je suppose qu'elle peut le suivre à l'intérieur.

———

Environ une heure plus tard, il y eut un léger frôlement contre la vitre côté passager. Beatrice nous avait expliqué qu'il lui était difficile de toucher des choses lorsqu'elle était invisible. Au son subtil, Emma est sortie et a ouvert la portière pour elle.

—Je suis là, murmura Beatrice.

Emma ferma la portière et retourna à la banquette arrière. —
Devons-nous attendre ? demanda-t-elle.

Après un moment, il y eut un scintillement dans l'air. Beatrice
apparut, aussi solide et réelle que toujours. Elle s'assit sur le siège
comme si elle n'était jamais partie.

—Alors ? ai-je demandé.

—Commence à conduire, s'il te plaît. Je n'ai pas été détectée, mais
soyons prudentes et quittons les lieux.

Dès que j'ai commencé à sortir du parking, elle a poussé un
soupir. —Ça fait des années que je n'avais pas essayé de maintenir un
sort d'invisibilité aussi longtemps. Je n'ai eu aucun problème, mais je
vais certainement bien dormir ce soir, dit-elle.

—As-tu appris quelque chose ? ai-je demandé en mettant mon
clignotant pour prendre l'autoroute qui nous ramènerait à Charm
Cove.

—Je ne pense pas que Paul soit impliqué. Je pense que c'est son
frère cadet, Fred, expliqua-t-elle.

—Vraiment ? demanda Emma.

—Oh oui. Le testament n'a été une surprise pour personne. Vernon
a tout hérité de son père. Même si Vernon était en froid avec Paul,
Paul n'a pas semblé contrarié et a même commenté qu'il était au
courant. Mais c'est Fred qui a agi bizarrement. Fred était très tendu et
n'a pas dit un mot. J'ai l'intention de demander à ta mère de trouver un
moyen de passer un peu de temps avec lui, ne serait-ce que quelques
minutes. Il cache quelque chose, et elle pourra découvrir quoi.

—Vas-tu parler à Daniel ? ai-je demandé.

—Je peux certainement lui faire part de mes observations. Je ne
pense pas que Daniel ait appris quoi que ce soit de nouveau en assis-
tant à cette réunion. On ne peut pas bâtir une affaire sur la façon dont
on pense que les gens ressentent quelque chose. C'est simplement un
point de départ. Pour tout ce que je sais, je pourrais me tromper.
Peut-être que Fred était contrarié parce que son père ne lui a rien
laissé.

—Eh bien, j'appellerai Maman ce soir pour qu'elle trouve une occasion de s'approcher de Fred.

CHAPITRE QUINZE

Mon téléphone vibrait sans cesse dans mon sac, et je n'avais d'autre choix que de l'ignorer. La boutique était bondée de clients. D'une manière ou d'une autre, au milieu de tout ce qui se passait, j'avais oublié qu'une caravane de voitures anciennes remontait l'autoroute le long de la côte du Maine. La caravane s'arrêtait à Charm Cove pendant quelques heures durant son voyage chaque automne.

— Voilà, dis-je avec un sourire éclatant en tendant un reçu à la femme qui attendait près de la caisse. Je glissai les boîtes de bracelets à breloques et de potions qu'elle venait d'acheter dans un sac et le lui tendis par-dessus le comptoir.

Après le départ de ce groupe de clients, une foule plus importante suivit. Quand j'eus enfin un moment pour respirer, je pris mon télé-phone pour jeter un coup d'œil à l'écran et vis plusieurs messages de ma mère.

Je suppose que tu es occupée. Lea et moi serons au phare.

J'ai découvert le secret.

Mais nous avons encore un peu de travail à faire.

— Excusez-moi, fit une voix derrière moi.

Me retournant, je souris largement.

— Oui, que puis-je faire pour vous ?

— Il semble que vous n'ayez plus de *L'Amour Trouvera Son Chemin*, et je me demandais si vous en aviez en réserve, demanda la femme.

— Laissez-moi vérifier, dis-je. Je commençai à me tourner pour aller à l'arrière, mais fus interceptée par un autre client.

À mon grand soulagement, j'entendis la porte arrière s'ouvrir et les voix des jumelles se diriger vers l'avant. Dieu merci, elles étaient là pour le reste de la journée. Je ne me sentais pas à l'aise de les laisser seules ici, mais je pouvais au moins prendre une pause et appeler ma mère pour découvrir quel secret elle avait dévoilé.

Après avoir déniché une seule bouteille de *L'Amour Trouvera Son Chemin* et noté de préparer plus de potions bientôt, je demandai aux filles de s'occuper de l'avant. Je me glissai à travers le rideau de perles vers l'arrière, téléphone en main, et appelai rapidement ma mère.

— Bonjour, ma chérie, je m'attendais à ce que tu appelles d'une minute à l'autre. Sans attendre, ma mère enchaîna directement : — Voici ce qui se passe. Je pensais devoir me donner du mal pour croiser Fred, mais la chance m'a souri ce matin au bureau de poste. Il s'y trouvait justement pour récupérer son courrier. J'ai trié mon courrier aussi lentement que possible. Je ne sais pas exactement s'il a tué Vernon, mais il sait qui l'a fait. Il essaie maintenant de trouver comment gérer Paul. Je suis ici avec Lea parce qu'il prévoit de faire quelque chose à Windy Bay cet après-midi. Nous nous sommes retrouvées au phare pour emprunter l'une des anciennes baguettes de sort de protection. Nous partons pour Windy Bay. Lea prévoit de lui jeter un sort d'immobilisation jusqu'à ce que nous fassions venir Daniel.

— Maman, comment sais-tu même si tu as besoin de faire ça ?

— Aie un peu foi en moi. Elle me fit vraiment un bruit de désapprobation.

— Maman, tu dois bien réfléchir pour que Daniel puisse en faire quelque chose. As-tu appris comment Vernon a été tué par Fred ?

— Eh bien, je sais ce qui l'a tué, si ce n'est pas exactement qui. Ma vision du secret de Fred n'était pas complète car je l'ai vu déplacer le corps de Vernon, mais pas le tuer. J'ai aussi vu qu'il cachait un gourdin en bois − pas vraiment une batte de baseball, mais quelque chose de similaire − dans les buissons près du champ de citrouilles où les jumelles ont trouvé le corps de Vernon.

— Bon, je vais me téléporter dans les arbres et trouver l'arme du crime. Dis-moi exactement où chercher.

La voix de ma mère fut étouffée quand elle se détourna pour dire quelque chose à quelqu'un en arrière-plan, puis sa voix revint au téléphone. — Je dois aller chercher mes clés, ma chérie. Le gourdin est dans un fourré d'églantiers sauvages juste à l'entrée des arbres au-delà du champ de citrouilles. Elle raccrocha avant que je n'aie eu la chance de poser d'autres questions.

Tout cela s'enchaînait trop vite à mon goût. Jetant un coup d'œil à l'horloge montée au-dessus de la porte menant à l'avant, je soupirai. Je devais vraiment me téléporter dans les bois avant la tombée de la nuit. Ma capacité à trouver ce que ma mère avait vu – un gourdin caché dans des buissons – serait presque impossible dans l'obscurité.

Je rappelai rapidement ma mère. — Oui ? demanda-t-elle.

— Lea est avec toi ?

— Oui, nous allons à Windy Bay...

Je l'interrompis. — Demande-lui de venir au magasin. C'est trop la folie ici pour que je laisse les jumelles seules. Je dois me téléporter dans les bois avant qu'il ne fasse nuit. Je te suggère d'appeler des renforts au lieu d'essayer de retenir Fred, surtout que tu ne sais pas vraiment ce qu'il a fait. Je suppose qu'il sait que plus le temps passe, plus ce qu'il cache risque d'être découvert. Je pense aussi que nous devons arrêter d'attendre pour informer Daniel. Je vais appeler Liam et Cam pour qu'ils m'accompagnent dans les bois. Ils connaissent ces chemins de traverse bien mieux que moi. Je te suggère d'appeler Papa et Gabriel, ainsi que ceux que Penelope voudrait voir venir, et de régler le reste. Ça te dérange d'appeler Daniel ?

— Bien sûr que non, ma chérie. Lea est déjà en route vers le magasin.

Je supposai que ma mère m'avait mise sur haut-parleur tout ce temps. Dès que nous eûmes terminé l'appel, j'appelai Liam et lui expliquai rapidement la situation.

— Je serai là dans quinze minutes, dit-il. Ça devrait donner assez de temps à Lea pour arriver.

———

J'avais l'impression que nous n'avions pas la situation en main et que tout ce que nous faisions risquait de compliquer la tâche de Daniel pour constituer un dossier. Sans compter que nous avions affaire à un meurtre.

Je regardais les arbres défiler tandis que Liam conduisait en direction de Peaches' Pumpkins. Le soleil se couchait lentement derrière nous, ses couleurs ondulant à la surface de l'océan. J'ai jeté un coup d'œil par-dessus mon épaule vers Cam. —Alors tu as eu des nouvelles de Gabriel ?

—Tout à fait. Ne t'inquiète pas, il est avec Mama. Je leur ai dit qu'ils feraient mieux d'attendre de voir comment les choses évoluent. Daniel va les rejoindre.

—Est-ce qu'il sait ce que je fais ?

J'ai vu Liam secouer la tête. —Quoi ? Tu lui as parlé ?

—Bien sûr que non. Daniel est peut-être au courant des pouvoirs, mais il préfère ne pas connaître les détails. Plutôt que de récupérer l'arme du crime, en supposant que tu la trouves, je te suggère de la photographier, de rester à distance, et de lui faire savoir ce que tu as découvert, a expliqué Liam.

—Je n'ai aucune idée de comment je vais trouver ce « gourdin » que Mama a vu quand elle a découvert le secret de Fred. Je veux dire, c'est en plein milieu des bois, ai-je dit.

—Ce n'est pas en plein milieu des bois. C'est juste à côté du champ de citrouilles, a expliqué Cam depuis le siège arrière. La propriété est adjacente à une partie de l'exploitation d'érable. On prendra le quad depuis là-bas. Tu peux te transporter pour y arriver rapidement, et on te rejoindra. Si quelqu'un nous voit, j'expliquerai simplement qu'on vérifiait les conduites de sève et qu'on regardait une zone où nous prévoyons de nous étendre l'hiver prochain.

—Tu es sérieux ? ai-je répliqué, en le regardant de travers depuis le siège avant.

—Très sérieux. C'est parfaitement légitime. On a déjà commencé à étendre les conduites par là-bas. Tu peux remercier Gabriel pour ça.

J'ai secoué la tête. —Pourquoi est-ce que je me transporte alors ?

—Parce que tu y arriveras beaucoup plus vite. Tu peux aussi t'y rendre sans que personne ne sache que tu te diriges dans cette direction, a répondu Liam.

—Je suppose que je n'ai pas à m'inquiéter pour ma sécurité, ai-je marmonné pour moi-même.

Cam a ricané, tandis que Liam laissait échapper un soupir. —Tu t'inquiètes ? ai-je demandé en le regardant.

—Toujours, fut sa prompte réponse.

—Tout ira bien. Chaque fois que je t'ai dit ça, ça s'est avéré vrai.

Liam a tendu la main par-dessus la console, enroulant ses doigts autour des miens et les serrant doucement. —C'est vrai, mais je m'inquiète quand même.

Jetant un coup d'œil dans le rétroviseur, il a demandé : —Tu prends le quad, n'est-ce pas ?

—Bien sûr. Et si on y allait ensemble ? Si quelque chose tourne mal, on sera tous les deux là.

—Et si j'ai besoin de me transporter ailleurs ? suis-je intervenue.

—Tu rejoindras la voiture et tu partiras si nécessaire, a rétorqué Cam.

—Je n'étais pas inquiète avant, mais maintenant vous m'avez rendue anxieuse.

Liam m'a serré la main une nouvelle fois avant de la relâcher pour actionner son clignotant alors que nous tournions sur la route menant à l'exploitation d'érable de mon frère. Une fois garés, nous nous sommes dirigés vers le quad stationné de l'autre côté d'une des vieilles granges.

—Selon Mama, le gourdin est juste dans les buissons près du champ de citrouilles. J'ai déjà appelé Peaches' Pumpkins pour les prévenir que je ferais un tour aujourd'hui. Ils se fichent qu'on se retrouve sur leur terrain. Je vais m'approcher autant que possible et rester dans un périmètre raisonnable où nous installerions hypothétiquement les conduites. Fais ton truc et vas-y, frangine. C'est environ quinze minutes de trajet pour nous, ça devrait te donner le temps de regarder autour, a expliqué Cam.

Liam s'est penché et a rapidement pressé ses lèvres contre les miennes. —Vas-y. Je te rejoins tout à l'heure.

—Compris. Je vais me transporter depuis la voiture. Comme ça, si je dois revenir rapidement, je réapparaîtrai là.

Une fois de retour dans la voiture, j'ai pris une profonde inspiration, fermé les yeux et lancé mon sort. J'ai plongé dans la fumée et les paillettes qui tourbillonnaient autour de moi. L'instant d'après, je me suis matérialisée dans les bois. Bien que le soleil se couchait, il y avait encore assez de lumière pour voir. J'ai regardé autour de moi, essayant de m'orienter.

Je pouvais voir les conduites d'érable traversant les arbres depuis l'endroit où elles avaient été laissées au printemps dernier. Chaque année, tous ceux qui possédaient une exploitation d'érable réparaient les conduites pour l'hiver suivant en préparation de la saison d'entaillage.

En regardant dans l'autre direction, je pouvais apercevoir le champ de citrouilles à travers les arbres. Malgré le meurtre et la zone environnante interdite d'accès à quiconque voulait chercher des citrouilles, les champs étaient largement dégagés. Peaches' Pumpkins avait continué à faire de bonnes affaires une fois que les gens eurent surmonté la peur initiale suite au meurtre.

En me tournant, je me suis orientée dans la direction où ma mère pensait que le gourdin était caché. Me frayant un chemin à travers les arbres, j'ai trouvé ce que je supposais être le bouquet d'églantiers sauvages qu'elle avait vu dans sa vision.

Alors que j'approchais, j'ai entendu des voix. Je savais que ce n'était pas Cam et Liam car j'aurais entendu le moteur du quad. J'ai silencieusement juré et me suis arrêtée brusquement, me glissant derrière un grand pin dans l'espoir qu'il me dissimulerait si nécessaire. Un moment plus tard, j'ai vu un chien passer en courant entre les arbres. Comme je ne voulais pas révéler ma présence, je ne pouvais pas voir grand-chose d'autre, mais j'ai supposé qu'il s'agissait de quelques enfants jouant à la lisière du champ de citrouilles.

Une fois les voix évanouies, j'ai repris ma marche, m'arrêtant près du bouquet d'églantiers sauvages. La capacité de ma mère à voir les secrets n'était pas très précise. Elle avait vu Fred cacher l'arme du crime, mais rien de plus. Tout ce que je savais, c'est que je cherchais un gourdin en bois.

Examinant visuellement la zone, je me suis avancée jusqu'au bord des églantiers. Écartant soigneusement les branches épineuses, j'ai scruté le sol en dessous. L'automne s'étant installé et quelques pluies étant tombées ces dernières semaines, c'était humide sous les buissons. Après un moment, mes yeux se sont posés sur ce qui devait être le gourdin en question.

J'ai instinctivement tendu la main vers lui, me rattrapant juste à temps. En me redressant, j'ai fouillé maladroitement dans ma poche pour prendre mon téléphone. Je l'ai sorti et j'ai pris quelques photos tout en réfléchissant à la façon d'amener la police ici à temps.

J'ai regardé autour de moi. Dans la prochaine demi-heure, il ferait presque nuit et il serait difficile de voir. J'ai entendu le grondement du quad qui approchait et j'ai senti la tension dans ma poitrine s'atténuer légèrement. Je n'étais pas particulièrement nerveuse, mais nous avions affaire à un meurtre, alors un fil d'anxiété traversait chaque instant.

J'ai contourné les églantiers par le côté opposé, évaluant la distance jusqu'à l'ouverture dans les arbres où commençait le champ de citrouilles. J'ai pris une décision rapide et composé immédiatement le numéro de Daniel.

—Chef Levesque, a-t-il répondu dès la première sonnerie.

—Bonjour Daniel, c'est Moira.

—Bonjour Moira, j'attendais ton appel. J'ai deux de mes adjoints en route.

—Oh, déjà ?

—Oui. Ton mari m'a appelé. La prochaine fois que vous décidez de faire quelque chose comme ça, pourriez-vous me tenir au courant avant de le faire ?

J'ai soupiré. —Daniel...

Il m'a coupée. — Je comprends. Avec ta façon habituelle d'aborder les choses, peu de ce que tu as m'est utile. Ma seule question est : as-tu trouvé l'arme du crime ?

— Je crois que oui. Je pense que c'est plus rapide pour tes adjoints de venir du côté de la ferme de citrouilles plutôt que par la propriété d'érables de mon frère.

— Compris. Je vais les prévenir. Reste là-bas s'il te plaît. Je m'oc-cupe actuellement d'un autre aspect de la situation.

Oh, comme j'aurais voulu poser plus de questions. Mais ce n'était pas le moment. Daniel ne m'en a même pas laissé l'occasion quand il a raccroché sans cérémonie.

En traversant les arbres, j'ai rejoint Liam et Cam sur le quad.

— Alors ? a demandé Liam.

— Je l'ai trouvée. Avez-vous la permission de conduire ce quad dans le champ de citrouilles ? ai-je demandé en grimpant à l'arrière. Liam a attrapé ma main pour m'aider à monter.

— Oui. Je les ai appelés il y a quelques minutes quand nous nous sommes dirigés par ici.

— Bien. C'est plus proche pour que les adjoints nous rejoignent là-bas.

Cam a maintenu le moteur à bas régime tandis que le quad grondait à travers les arbres. Quand nous sommes arrivés au champ de citrouilles, il s'est dirigé vers une rangée large, avançant lentement.

Mes yeux ont balayé la zone où nous avions trouvé Vernon. Elle était toujours délimitée par du ruban adhésif jaune vif de la police. Mon estomac s'est noué et j'ai eu un peu la nausée. Quelqu'un l'avait tué. Nous avions plus d'indices avec l'arme du crime, mais nous ne savions toujours pas qui avait réellement tué Vernon. Le détail le plus crucial restait inconnu.

En regardant en arrière, j'ai aperçu du mouvement dans les arbres. — Hé ! ai-je dit, en donnant un coup de coude à l'épaule de Cam depuis l'arrière.

— Quoi ?

— Il y a quelqu'un dans les arbres, juste là où j'étais.

Cam a rapidement tourné, faisant vrombir le quad. En quelques secondes, nous étions de retour à côté des rosiers.

— Une idée d'où ils sont allés ? J'ai entendu la question de Cam par-dessus le grondement du moteur.

Liam a pointé droit devant. Nous n'avions pas loin à aller car la femme avait cessé de courir. Quand elle s'est retournée pour nous faire face, ma bouche s'est ouverte de stupeur. C'était Tanya Smitty, la veuve de Vernon.

— Oh mon Dieu, ai-je murmuré. Vous ne pensez pas... ?

Alors que Cam ralentissait pour s'arrêter près d'elle, j'ai entendu le grondement de véhicules descendant l'allée de gravier menant à Citrouilles de Peaches.

— Madame Smitty, que faites-vous ici ? ai-je demandé.

Sa peau était presque d'une blancheur fantomatique avec des taches rouges sur les joues. Ses lèvres étaient serrées en une fine ligne et ses yeux plissés. Elle n'a rien dit et s'est contentée de nous fixer.

Mon regard s'est posé sur le gourdin en bois que j'avais photographié quelques instants plus tôt. Elle le tenait fermement dans son poing.

— Madame Smitty ? Vous allez bien ? ai-je demandé.

Elle est restée silencieuse pendant quelques instants avant de renifler, de lever le menton et de détourner son regard de nous.

Cam a regardé tour à tour Liam et moi, arquant un sourcil interrogateur. J'ai haussé les épaules. Comme elle refusait de parler, il n'y avait pas grand-chose que nous puissions faire. Je n'allais pas essayer de l'approcher physiquement. Elle dégageait une étrange aura, et je n'étais pas vraiment sûre qu'elle fonctionnait avec tous ses moyens, pour ainsi dire.

Des voix nous sont parvenues à travers les arbres. — Ils ont dit qu'ils allaient nous rencontrer près de la limite de propriété, ai-je entendu, suivi d'un murmure plus bas.

Me retournant, j'ai crié par-dessus mon épaule : — Nous sommes ici !

Quand j'ai regardé de nouveau vers Madame Smitty, ses yeux passaient rapidement de moi à la direction d'où venait la police, depuis le champ de citrouilles vers les arbres.

— Vous pouvez courir, mais vous n'irez pas loin, a dit Cam lentement, son ton étonnamment détendu malgré la tension qui régnait dans l'air.

— Pourquoi ne nous dites-vous pas ce qui s'est passé, Madame Smitty ? ai-je demandé.

Elle n'a pas répondu et son regard s'est baissé vers le sol. Deux adjoints de police sont arrivés, surpris de voir Madame Smitty avec le gourdin serré dans son poing.

— Quelqu'un veut nous expliquer ce qui se passe ? a demandé Arnold en examinant la scène. Arnold travaillait comme adjoint sous les ordres de Daniel depuis des années. Il connaissait l'existence de la magie et se trouvait être marié à une sorcière.

Je ne connaissais pas l'autre adjoint. Il semblait se contenter de laisser Arnold prendre les devants tandis qu'il nous observait attentivement.

— Je pense que vous devriez probablement demander à Madame Smitty, ai-je dit quand Arnold m'a regardée.

Arnold nous a regardés puis s'est tourné vers elle. Son regard s'est à nouveau posé sur le gourdin dans sa main. Elle le tenait si fermement que ses doigts étaient blancs.

CHAPITRE SEIZE

—Quoi ?! me suis-je exclamée.

— C'est exactement ce que j'ai dit, a répondu ma mère calmement.

— Tu veux me dire que le frère de Vernon avait une liaison avec Mme Smitty ? Mme Smitty !

— Apparemment, oui. Mme Smitty a décidé d'éliminer Vernon. Comme tout lui avait été légué, elle croyait qu'elle en hériterait à sa mort. Elle s'imaginait que Fred et elle profiteraient de ce qui revenait légitimement à son frère, a expliqué ma mère.

— Oh là là, ai-je dit avec un lent soupir.

Je me suis adossée à ma chaise, remuant les hanches pour m'installer plus confortablement. — Ces chaises auraient besoin d'être remplacées, ai-je commenté.

Nous étions dans la salle d'attente du commissariat de Charm Cove, attendant des nouvelles de Daniel. Quand Mme Smitty a refusé de parler aux agents près des arbres à côté du champ de citrouilles, ils l'ont immédiatement placée en garde à vue.

Liam a ricané. — Je ne pense pas que la police veuille que les gens soient trop à l'aise dans la salle d'attente.

À ce moment-là, la porte du fond s'est ouverte et Daniel nous a fait signe. Liam et moi avons suivi ma mère, Cam et Penelope dans le couloir arrière. Nous avons emboîté le pas à Daniel jusqu'à une salle de conférence au bout du couloir, nous glissant sur les chaises disposées autour d'une grande table ronde.

— Alors, que s'est-il passé ? ai-je demandé avant même que Daniel n'ait fini de fermer la porte derrière nous.

— Toujours pressée, Moira, a commenté Daniel.

— J'aimerais savoir ce qui est arrivé avec Mme Smitty, ai-je répliqué avec impatience.

— Elle a été arrêtée pour meurtre, a-t-il dit sans détour.

— Pourriez-vous nous en dire un peu plus ? a demandé Liam.

Ma mère est intervenue. — J'étais justement en train de vous raconter pendant qu'on attendait. Lea et moi nous sommes arrêtées pour faire le plein. Fred était là. — Ma mère a fait une pause, s'écartant du sujet. — Et les Smitty prétendent ne pas croire au surnaturel ? Foutaises. — Elle a soufflé et levé les yeux au ciel. — Bref. Je m'égare. Quand il m'a vue, il est venu me parler. Il voulait préciser qu'il savait effectivement où se trouvait l'arme du crime, mais uniquement parce qu'il avait vu Mme Smitty essayer de la cacher dans les buissons.

— Je pense qu'il savait parfaitement bien, quand je l'ai croisé à la poste, que je pouvais percevoir son secret. Apparemment, Mme Smitty a emporté l'arme du crime avec elle en quittant le champ de citrouilles. Elle l'a ramenée chez elle, si vous pouvez y croire ! Quand elle a réalisé à quel point cela pouvait être compromettant, elle est retournée la cacher plus tard. Pauvre Fred qui l'a conduite sans se rendre compte de ce qu'elle avait prévu de faire. Elle a prétendu avoir paniqué et tué Vernon par accident.

Quand ma mère a repris son souffle, Daniel a poursuivi la conversation. — Mme Smitty et Vernon étaient allés ensemble au champ de citrouilles cet après-midi-là. Selon elle, ils se sont disputés. Elle était en colère et l'a frappé à la tête avec le gourdin.

— Mais où a-t-elle bien pu trouver ce gourdin ? ai-je demandé.

— C'est le bout cassé d'une batte en bois utilisée pour dégager les broussailles. Les propriétaires des Citrouilles de Peaches pensent qu'elle a probablement été abandonnée dans le champ l'été dernier, a expliqué Daniel.

— Donc elle a tué son propre mari pour vivre heureuse pour

toujours avec son frère cadet ? ai-je demandé, essayant encore d'assimiler le fait que Mme Smitty avait fait cela.

— Elle ne réfléchissait pas clairement. Avec la lecture du testament qui approchait, elle a commencé à s'agiter. Fred ne semblait pas réaliser à quel point elle était perturbée. Il ne croyait pas qu'elle tuerait Vernon. Quand elle est allée cacher le gourdin, elle lui a dit qu'elle l'avait trouvé par hasard lorsqu'elle était allée identifier le corps de Vernon. — Daniel a lentement secoué la tête.

— Est-on sûr que Fred n'était pas impliqué ? a demandé Cam.

— Vu à quel point il était choqué, je ne le pense pas. Même avec la mort de Vernon, Fred ne recevra rien des propriétés de leur père. Lui et son père s'étaient brouillés, et il ne voulait rien recevoir du testament. Il était bouleversé lors de la réunion chez l'avocat pour examiner le testament parce qu'il avait l'impression qu'il aurait dû prendre le temps de se réconcilier avec son père, a expliqué Daniel.

— Mais n'héritera-t-il pas maintenant que Vernon est mort ? ai-je demandé.

— Non. Il possède déjà beaucoup de terres et plus qu'assez d'argent, comme il me l'a dit clairement. Le frère aîné de Vernon, Paul, est le deuxième sur la liste des héritiers. C'est la partie que Mme Smitty ignorait.

Daniel s'est détourné quand la cafetière posée sur la petite table contre le mur a bipé. — Quelqu'un veut du café ? a-t-il lancé par-dessus son épaule.

Après un chœur d'approbations, ma mère s'est levée de sa chaise pour aider Daniel à servir le café à tout le monde. Une fois que nous étions tous assis de nouveau, Daniel a regardé autour de lui. — Écoutez, je suis conscient que sans votre aide, je n'en serais peut-être pas arrivé à ce point aussi rapidement. Cela dit, j'apprécierais un peu plus de communication quand vous décidez tous de faire des choses à l'improviste.

Ma mère a répondu : — Compris, compris.

— S'il vous plaît, prévoyez de me faire savoir avant de vous lancer dans l'une de vos idées magiques farfelues...

Je l'ai interrompu. — Elles ne sont pas farfelues si elles sont utiles.

Daniel a soupiré. — Je le sais bien, mais vous savez aussi à quel point je dois être prudent avec la gestion de ce type d'informations dans mes rapports. — Il a bu une gorgée de café avant de poursuivre. — J'apprécie toujours votre aide. Dans cette optique, y a-t-il quelque chose que quelqu'un aurait oublié de me signaler ?

— Absolument rien, a répondu ma mère.

Il a hoché la tête en se levant de sa chaise. — Eh bien, j'ai une tonne de paperasse à traiter. Je pense que cela règle toutes nos questions en suspens pour le moment.

CHAPITRE DIX-SEPT

Le soir suivant, Liam a attrapé ma main dans la sienne alors que nous remontions l'allée vers la maison de mes parents. Les feuilles d'automne tourbillonnaient sur le sol devant nous. Nous suivions le chemin depuis la remise à calèches. J'ai regardé à travers les arbres l'océan Atlantique qui miroitait au loin. Le soleil se couchait face à l'océan, ses couleurs ondulant sur l'eau. La surface de l'océan était agitée par le vent qui la balayait rapidement.

On pouvait sentir l'hiver talonner l'automne. Maintenant que le meurtre de Vernon avait été résolu, j'espérais qu'Halloween se déroulerait paisiblement.

— Qui sera présent pour le dîner ? a demandé Liam.

— Mes parents, Penelope, Lea et Jacob, et tes parents, non ?

— Pour autant que je sache, mes parents seront là. Juliette devrait être là aussi. Elle est ici pour une semaine environ, a-t-il répondu, faisant référence à sa sœur qui était partie pour terminer son programme d'études supérieures.

— Quand est-ce que Juliette revient s'installer ? ai-je demandé.

— Après Noël. Elle termine son dernier semestre cet automne. Il ne lui reste que deux cours.

— Ce sera bien de la revoir. Juliette et moi étions proches quand nous étions plus jeunes. Le temps et la vie nous avaient un peu éloignées, mais j'avais hâte de passer plus de temps avec elle à nouveau.

— En effet, a-t-il répondu en serrant ma main.

Une rafale de vent vivifiante est venue de l'océan, faisant tourbillonner les feuilles sur le sol. S'arrêtant à côté de moi, Liam a baissé les yeux. — Tu sais, au cas où je ne te l'aurais pas dit récemment, je suis content qu'on ait compris.

Lui souriant dans la lumière déclinante, j'ai penché la tête sur le côté, observant ses traits ciselés et ses yeux d'un bleu éclatant. — Je suis d'accord, ai-je dit doucement. Bien que je ne pense pas que le destin m'aurait laissée m'échapper.

Les lèvres de Liam se sont retroussées en un sourire tandis qu'il se penchait en avant et pressait ses lèvres contre les miennes. — Certainement pas, mais ça ne change rien à ce que je ressens, a-t-il murmuré en s'écartant. Se redressant, il s'est retourné et nous avons continué à marcher.

Quand nous sommes arrivés chez mes parents, la maison était pleine. Bien qu'une journée entière se soit écoulée depuis l'arrestation de Mme Smitty, tout le monde avait encore besoin de connaître l'histoire complète, car elle s'était répandue en ville par bribes. Tout comme dans le jeu du téléphone arabe, les nouvelles s'étaient fragmentées en se propageant comme un feu de broussailles à travers les lignes de communication.

Avec Penelope et Lea ainsi que la mère de Liam présentes, je me suis excusée auprès du groupe massé autour du comptoir de la cuisine et me suis dirigée vers la table du fond qui donnait sur la pelouse. Une fois assise, j'ai attrapé *The Ink Spot* et l'ai tiré devant moi tout en sirotant mon vin. J'ai parcouru le gros titre du jour.

Épouse arrêtée pour meurtre !

Le Crime dans les Citrouilles a été résolu. Mme Smitty, enseignante de longue date à Charm Cove et redoutée par de nombreux élèves, a été arrêtée pour avoir assassiné son propre mari. Apparemment, une dispute concernant un divorce dû à une insatisfaction dans leur mariage a conduit à un accès de rage impulsif. Mme Smitty est maintenant derrière les barreaux.

Sans l'aide de Fred Smitty, le frère cadet de Vernon, le meurtre n'aurait peut-être jamais été résolu aussi rapidement. Après avoir découvert Mme Smitty cachant l'arme du crime, la police a pu reconstituer les détails de l'histoire et l'arrêter hier soir. Elle a été appréhendée par Cam Wicked et Liam Good alors qu'ils inspectaient de nouvelles zones pour installer des lignes d'eau d'érable sur les propriétés de Mystic Maple.

Mme Smitty était résignée à son sort et n'a pas résisté à l'arrestation. Espérons qu'il n'y aura plus d'autres meurtres à Charm Cove. Nous avons déjà eu assez d'émotions pour ce siècle.

— Ils le font paraître si dramatique, n'est-ce pas ? a commenté mon père en s'asseyant à côté de moi.

— C'est un bon résumé, ai-je répondu. Je suppose que le meurtre est, par nature, dramatique.

— Tout à fait vrai. Mon père a incliné la tête. — Il manque un peu de crédit, notamment à toi pour ton aide quand tu t'es téléportée et que tu as localisé l'arme du crime, et à ta mère pour avoir détecté le secret de Fred.

J'ai haussé les épaules avant de reprendre une gorgée de mon vin. — C'est parfaitement bien de laisser ça de côté. À ce moment-là, Edwin est entré dans la pièce. — Oh, je ne savais pas qu'il serait là.

Mon père m'a fait un clin d'œil, les yeux brillants. — Edwin et Penelope ont décidé d'officialiser leur relation intermittente de longue date. Ils sont amoureux. Elle l'emmène vivre chez elle.

— Oh wow ! Tu es sérieux ?

Mon père a ri. — Bien sûr que je suis sérieux.

En quelques instants, Penelope a tiré Edwin vers la table et m'a souri. — Ma chérie, je sais que tu as déjà rencontré Edwin, mais tu ne l'as pas encore rencontré en tant que mon compagnon, a expliqué Penelope, rejetant sa longue tresse par-dessus son épaule en souriant.

Ses yeux pétillaient, et je n'ai même pas essayé de masquer ma joie. J'étais *complètement* pour l'amour. Il était clair que Penelope était ravie, et son bonheur était contagieux.

— Ravi de vous joindre à nous, Edwin, ai-je répondu avec un large sourire.

Penelope ne lui a même pas laissé le temps de répondre. — Tu vas certainement le voir beaucoup plus souvent lors de nos dîners de famille, a-t-elle dit, en lui serrant le bras. — Je lui disais justement qu'entre ta mère, Lea et toi, nous pourrions peut-être trouver quelques potions pour l'aider avec ce qui est arrivé à ses pouvoirs après cet accident.

Edwin a souri avec indulgence à Penelope. — Comme je te l'ai dit à maintes reprises, ma chérie, mes pouvoirs sont toujours très puissants. Maintenant, assieds-toi, a-t-il dit en tirant une chaise pour elle.

Penelope a rayonné et s'est glissée sur la chaise. Une fois qu'elle a été assise, il l'a rejointe. Ma mère est arrivée à la table à ce moment-là, entendant la fin de cette conversation. — Edwin, vous devez savoir que nous ferons tout ce que nous pouvons pour vous aider.

— Je suis simplement soulagé d'avoir été rapidement disculpé dans cette enquête pour meurtre. Le reste se réglera de lui-même, a-t-il dit avec un geste de la main.

— Est-ce que votre nièce va rester à Charm Cove ? ai-je demandé.

— Edie va certainement rester. Elle sera là pour le dîner d'après ce que je comprends, a-t-il répondu.

Comme sur commande, la voix de Nathan se fit entendre dans la cuisine alors qu'il franchissait le seuil, tenant la main d'Edie.

Edwin jeta un coup d'œil, un léger sourire sur son visage. — J'ai essayé de la convaincre de déménager ici depuis quelques années, depuis la mort de sa mère. Si j'avais su qu'il me fallait jouer les entremetteurs pour que cela arrive plus tôt, je serais passé à votre boutique pour une potion d'aide.

Penelope serra la main d'Edwin, se penchant pour déposer un baiser sur sa joue.

En un rien de temps, le dîner fut servi et la cacophonie habituelle de conversations se poursuivit. À un moment, lorsque Nathan se pencha pour passer son bras autour des épaules d'Edie, je regardai Liam et commentai à voix basse : — Qui l'eût cru ? Cette fois, je pense que c'est du sérieux pour Nathan.

La main de Liam reposait sur mon épaule, et il la serra légèrement. — Tu as peut-être raison. Ne va pas donner de potions à Edie, ni à Nathan d'ailleurs.

Je lui lançai un regard. — Je ne ferais pas ça.

L'un de ses sourcils s'arqua. — Oh, tu pourrais bien le faire. Se mêler des affaires des autres est une tradition dans nos familles, me taquina-t-il.

Je lui donnai un petit coup de coude.

ÉPILOGUE

Des jours plus tard, après que tous les bonbons d'Halloween aient disparu, les feuilles continuaient à danser dans le vent et les citrouilles trônaient toujours sur les marches de notre pavillon. J'ai remonté les dalles d'ardoise, guidée par la lumière vacillante des citrouilles évidées.

En entrant, j'ai ri doucement quand Ghost a sauté de son perchoir au-dessus de la porte pour rebondir sur mon épaule. — Salut, Ghost, ai-je dit en me penchant pour caresser son dos soyeux et blanc.

Liam a levé les yeux depuis la cuisine, où il remuait quelque chose sur le feu. — Hé, comment s'est passée la réunion des commerçants du centre-ville ?

Après avoir enlevé mes chaussures et accroché ma veste et mon sac aux crochets près de la porte, je suis entrée dans la cuisine. — Ça s'est passé comme prévu. C'était animé et tout le monde s'est disputé sur la meilleure façon de promouvoir le Festival du Charme cette année, mais autrement c'était super. Comment s'est passée ta journée, et qu'est-ce que tu cuisines ?

Il a ajusté la flamme sous la poêle où il faisait revenir des oignons et des champignons. Se retournant, il s'est éloigné de la cuisinière et m'a attirée dans ses bras. — Tu sens comme le vent, a-t-il dit en respirant mes cheveux frais.

Lui souriant, mon cœur a fait un petit bond devant son regard. — Il y a du vent dehors.

— Tu t'ennuies déjà ? a-t-il demandé juste avant de baisser la tête et de capturer mes lèvres dans un baiser rapide.

— M'ennuyer ? ai-je demandé tandis qu'il s'écartait.

— Eh bien, nous sommes mariés maintenant. Je te demande comment s'est passé le travail et je prépare parfois le dîner. Tu fais pareil.

J'ai souri, le cœur serré. — Je ne m'ennuie pas du tout. Avec le recul, je suis contente que tante Lea ait décidé de s'en mêler avec cette ridicule potion d'amour et le mauvais homme. Ça m'a ramenée vers toi. Je faisais référence à ce qui s'était passé deux étés plus tôt et qui m'avait finalement ramenée à Charm Cove après que Liam et moi nous soyons séparés pendant un moment. — Et toi, tu t'ennuies ? ai-je demandé.

— Pas du tout, a-t-il dit en resserrant ses bras autour de moi. Je suis plus qu'heureux d'être marié avec toi pour le reste de ma vie.

Ghost s'est enroulé autour de nos chevilles, laissant échapper un miaulement plaintif pour me rappeler qu'il avait faim. — Je dois lui préparer son dîner, ai-je murmuré.

Liam m'a donné un autre baiser rapide avant de desserrer son étreinte. — Fais ça, et je m'occupe du nôtre.

Plus tard cette nuit-là, j'étais appuyée contre son épaule, un feu vacillant dans la cheminée et Ghost sur le canapé à côté de nous. Les caprices du destin étaient vraiment formidables.

———

Merci d'avoir lu Pumpkin Patch Murder ! Si vous souhaitez être informé de mes nouvelles parutions et autres actualités, inscrivez-vous à ma newsletter : subscribepage.io/35IYqX

Pour plus de bêtises, de magie et de chaos à Charm Cove, tournez la page pour un aperçu de Wish Upon A Witch, le premier livre de la série This Good Witch. Ne vous inquiétez pas, vous reverrez Moira et Liam, mais Juliette Good a ses propres histoires à raconter sur sa vie de *bonne* sorcière.

EXTRAIT : WISH UPON A WITCH

JULIETTE GOOD

— Mais qu'est-ce que tu fabriques ? s'exclama une voix masculine.

Pivotant rapidement pour regarder par-dessus mon épaule, j'aperçus mon voisin Matthew en haut des escaliers de la maison à côté de la mienne.

— Rien, répondis-je précipitamment. J'avais simplement réparé le réverbère cassé devant mon immeuble. Juste une petite décharge de pouvoir, pour la bonne cause. Pour la sécurité publique, en fait.

— Ce n'était pas rien, Juliette. Je viens de voir des étincelles jaillir de tes doigts quand tu les as agités vers la lumière, et maintenant elle fonctionne à nouveau. Si j'étais ivre, je pourrais me convaincre que ce n'était rien, mais je suis parfaitement sobre. Alors les rumeurs sont vraies ?

Mon cœur commença à battre à tout rompre, et mon estomac se noua d'anxiété. — Quelles rumeurs ? ripostai-je.

Les lèvres de Matthew se retroussèrent en un rictus méprisant. — Que tu viens d'une famille de sorcières.

Je dus me mordre l'intérieur des joues pour ne pas jurer à voix haute. Un léger goût métallique de sang emplit ma bouche. En avalant, je secouai la tête. — Je ne sais pas de quoi tu parles, Matthew.

Il descendit les escaliers et s'arrêta devant moi sur le trottoir. — Oh, je pense que si. Tout le monde a entendu parler de cette folie avec les fleurs dans ta ville natale l'année dernière. Ridicule. Si j'étais toi, je retournerais là où on t'accepte.

À chaque mot qu'il prononçait, mon cœur s'enfonçait davantage. Pendant tout ce temps, j'avais trouvé Matthew, avec ses cheveux noirs et ses beaux yeux bruns, séduisant et digne d'un béguin.

— C'est la chose la plus ridicule que j'aie jamais entendue, rétorquai-je, mentant avec une aisance acquise par la pratique.

Matthew rit. — Je sais ce que j'ai vu. Fais attention, Juliette. La vie n'est pas comme toutes ces émissions de télévision où c'est cool d'être surnaturel.

Il tourna les talons et descendit la rue. Je regardai sa silhouette s'estomper dans l'obscurité le long du pâté de maisons suivant. Il se trouvait justement qu'il y avait un autre réverbère en panne dans ce secteur.

— Eh bien, je ne réparerai pas celui-là, marmonnai-je.

En me retournant, je regardai autour de moi, soudain très anxieuse. Mon petit sortilège, aussi utile qu'il ait été, était une négligence de ma part. J'étais à Boston, venant de terminer mon dernier semestre d'études supérieures. Je ne pouvais pas simplement jeter des sorts n'importe où en public. Hélas, j'avais tendance à oublier et à les lancer quand même.

Je devais rentrer chez moi, plus tôt que tard. Boston était juste assez loin de Charm Cove pour que j'espère que les rumeurs auxquelles Matthew faisait référence ne me poursuivraient pas jusqu'au Maine. Je remerciai les étoiles que mon petit appartement soit presque entièrement emballé et que je rentrerais bientôt à la maison.

Quelques jours plus tard, la neige tombait doucement et glissait sur mon pare-brise tandis que je roulais vers le nord. Les flocons légers et duveteux scintillaient comme des paillettes dans le faisceau de mes phares dans l'obscurité. *Charm Cove, à 3 kilomètres*, annonçait le panneau routier. Je ralentis en voyant la sortie, le son de mon clignotant résonnant dans la voiture.

Maison. J'y étais presque. L'anticipation tourbillonnait en moi.

Le mot "maison" signifie bien des choses différentes pour beaucoup de gens. Pour moi, retourner à Charm Cove avait une dimension supplémentaire. Je pouvais me détendre et ne pas trop m'inquiéter de cacher mes pouvoirs. Oui, j'ai bien dit "pouvoirs", et c'est précisément ce que je voulais dire. Des pouvoirs de nature surnaturelle. Matthew avait vu juste concernant les rumeurs, mais il ne savait pas à quel point elles étaient étrangement vraies.

Certains pourraient m'appeler une bonne sorcière. Rien que sur la base de mon nom, c'était assez précis. Deux familles de sorcières avaient fondé Charm Cove — les Good et les Wicked. Si être une sorcière dans le monde moderne s'accompagnait de nombreuses complications, cette petite ville était un endroit où c'était un peu plus facile.

Bien que mon nom de famille soit Good, dernièrement je n'en ressentais pas vraiment l'ambiance. Parfois, le poids d'être une sorcière en dehors d'une ville accueillante pour le surnaturel était épuisant. Même si ma brève rencontre avec Matthew n'avait pas mal tourné, des siècles d'histoire confirmaient une vérité pratique : les sorcières devaient être prudentes.

Je poussai un soupir de soulagement quand le panneau officiel de la ville apparut au loin dans l'obscurité. *Charm Cove. Si charmant que vous ne voudrez jamais partir.*

J'espérais que mon sort irréfléchi et négligent à Boston serait vite oublié. Fichu Matthew. *Lui* n'avait certainement rien de charmant. Je longeai la périphérie de la ville jusqu'au centre-ville. Les rues étaient bordées des lampadaires d'origine de la ville, des lanternes suspendues en fonte méticuleusement entretenues au fil des siècles. Autrefois, elles étaient alimentées par des bougies, puis par du gaz. Maintenant, elles fonctionnaient à l'électricité, bien que cela ne coûtât rien à la ville.

Vous voyez, il y avait suffisamment de sorcières et de sorciers à Charm Cove pour maintenir un sort d'électricité aussi longtemps que nécessaire. Avec moi ici, c'était une sorcière de plus pour apporter sa magie au réservoir commun.

Il était presque minuit, la neige tombait légèrement et les rues étaient calmes. Chaque fois que je rentrais après une absence, j'avais l'impression de remonter dans le temps. Comme tant de villes de la Nouvelle-Angleterre, Charm Cove était pittoresque et charmante. Je tournai sur Charming Way, qui était parallèle à la place du village. J'avais envie de m'arrêter près de la fontaine de la ville quand le joli scintillement des lumières sur l'arbre au centre de la place m'attira.

Il n'y avait pas une autre voiture en vue. Le grand sapin baumier au centre de la place était encore décoré de lumières de fêtes même si Noël était passé depuis quelques semaines. La ville laissait généralement les lumières allumées jusqu'à ce que les jours commencent à rallonger. Les lumières par les nuits sombres et enneigées égayaient l'esprit.

J'arrêtai ma voiture dans l'obscurité, coupant le moteur. Le bruit de ma portière résonna fortement lorsque je la fermai derrière moi pour descendre. Je tirai la capuche de ma veste sur ma tête en traversant la rue, la neige tourbillonnant dans l'air avec une brise glaciale venue de l'océan. Bien que je ne puisse pas voir l'océan Atlantique d'ici, il n'était qu'à quelques pâtés de maisons ; l'air portait un soupçon de saumure salée venant de la mer.

Je me glissai par la grille ouverte dans la clôture en fer forgé qui entourait l'ancien espace vert de la ville. Ce grand espace carré, semblable à un parc, était traversé de sentiers en granit menant vers le centre où se dressait le grand arbre comme un phare accueillant. Je savais où je voulais aller et m'orientai vers le coin éloigné. La légendaire fontaine de la ville avait autrefois été un abreuvoir pour chevaux. Sculptée dans le granit, elle avait résisté à des siècles de vent, de pluie et de neige. Ce n'était plus un abreuvoir, bien que je suppose qu'elle puisse encore servir comme tel si nécessaire.

La fontaine avait été témoin de son lot de drames, y compris une noyade accidentelle quelques étés auparavant. En cette nuit d'hiver, à peine un mois après le solstice, l'eau n'était toujours pas gelée, mais elle ne l'était jamais. La rumeur disait que l'eau elle-même avait été ensorcelée il y a des siècles.

Au-delà de cette rumeur, on murmurait parmi les sorcières et les sorciers que si vous faisiez un vœu dans la fontaine, il se réaliserait. Comme beaucoup de fontaines éparpillées à travers le monde, elle était remplie de pièces. Lorsque les touristes envahissaient la ville pendant les mois d'été, ils ne pouvaient résister à l'envie de jeter une pièce dans la fontaine en espérant le meilleur.

Étant donné que j'étais une sorcière, j'espérais que ma magie pourrait bien faire se réaliser mon vœu. Je sortis un penny de ma poche, frottant sa surface cuivrée entre mes doigts. Penchant la tête en arrière, je regardai vers le ciel. Quelques étoiles clignotaient entre les nuages tandis que la neige flottait depuis le ciel. Prenant une bouffée d'air hivernal glacé, je baissai les yeux vers la fontaine. Le bassin ovale d'eau scintillait sous la lumière projetée par l'arbre et les réverbères à proximité.

Fermant les yeux, je fis un vœu stupide et frivole. En les ouvrant, je tournai le penny entre mes doigts avant de le lancer, le regardant tournoyer dans les airs avant qu'il n'atterrisse avec un petit éclaboussement. Des étincelles s'élevèrent de l'eau là où il était tombé.

— Eh bien, je ne m'attendais pas à *ça*, murmurai-je pour moi-même.

Je n'avais pas lancé de sort, alors je ne savais pas quoi penser. Me penchant en avant, mes yeux scrutèrent l'eau sombre. Au fond de la fontaine peu profonde, ou de l'abreuvoir si vous préférez, le penny que je venais de lancer brillait intensément. Mes doigts picotaient et cette sensation de bourdonnement que je ressentais dans mon corps avant de lancer un sort — une sorte d'électricité était la meilleure façon de le décrire — se propagea en moi.

Avec une secousse mentale, je me retournai et commençai à marcher vers ma voiture. Lorsque j'atteignis le trottoir en pavés, un homme que je ne connaissais pas attendait au coin de la rue. Je regardai autour de moi, légèrement nerveuse.

— Juliette Good ? demanda l'homme, d'un ton bas et doux.

— Bonjour ? Est-ce que je vous connais ?

— Vous ne vous souvenez peut-être pas de moi, mais je suis Donovan Wick, dit-il avec un léger hochement de tête.

Ses cheveux sombres étaient parsemés de flocons de neige qui y tombaient, et le bleu de ses yeux était éclatant dans la lumière argentée projetée par les réverbères. Je levai les yeux, remarquant à quel point il était grand en raison de combien je devais pencher ma tête en arrière.

J'avais l'impression de le reconnaître, mais je ne savais ni pourquoi ni comment, encore moins comment il connaissait mon nom. Déconcertée, je parvins à afficher un sourire poli et ignorai le frémissement de mon ventre. — Je ne suis pas sûre de me souvenir de vous. Euh, je suppose que c'était un plaisir de vous rencontrer, hasardai-je.

Donovan sourit. — J'habitais ici autrefois. Tu étais assise juste à côté de moi en CP.

L'ampoule de mémoire s'alluma dans mon cerveau. — Oh ! Donovan. Wow, ça fait longtemps que je ne t'ai pas vu.

— Oui, en effet. Depuis le CP pour être exact. Son petit rire envoya un frisson le long de mon dos.

Alors que j'étais sur le point de lui demander ce qui l'avait ramené à Charm Cove vers minuit en plein hiver, un bruit d'éclatement fort retentit. Nous nous tournâmes ensemble vers le bruit et regardâmes l'ancien arbre au centre de l'espace vert s'allumer comme une torche. Il était en feu presque instantanément.

En quelques secondes, j'entendis le bruit de pas au loin de l'autre côté de l'espace vert et sortis mon téléphone d'un coup sec pour composer le 18. Cet arbre était ancien et renfermait beaucoup d'histoire. Ce serait dévastateur pour la ville s'il était détruit dans l'incendie.

Quelques minutes plus tard, le hurlement des sirènes déchira l'air alors que deux camions de pompiers arrivaient en trombe dans la rue, s'arrêtant en crissant à côté de l'espace vert. Les pompiers jaillirent des camions et commencèrent à éteindre le feu. Un sentiment de présage s'installa en moi.

D'une manière ou d'une autre, malgré le fait que je n'avais pas initialement reconnu Donovan, je me retrouvai avec son bras autour de mes épaules tandis que nous attendions dans la nuit froide. Quelque chose semblait vraiment étrange concernant cet incendie d'arbre.

Ma première nuit à la maison se termina au poste de police. En tant que seuls témoins connus, Donovan et moi dûmes faire des dépositions à la police sur ce que nous avions vu.

1-click. Wish Upon A Witch

Si vous souhaitez recevoir des informations sur mes nouvelles parutions et autres actualités, inscrivez-vous à ma newsletter : subscribe page.io/35IYqX

MES LIVRES

Merci d'avoir lu cette histoire ! J'espère que vous avez apprécié la magie. Si c'est le cas, voici quelques façons d'aider d'autres lecteurs à découvrir mes livres.

1) Écrivez un avis !

2) Inscrivez-vous à ma newsletter pour recevoir des informations sur les nouvelles parutions : subscribepage.io/35IYqX

3) Aimez ma page Facebook à https://www.facebook.com/lucy mayauthor/

———

Série Wicked Good Mystery
Destiny's A Witch
Hex Me Not
Spells & Silver Bells
The Great Maple Caper
Oopsy Daisy
Siren Song Gone Wrong
Pumpkin Patch Murder
Série This Good Witch Mystery

Wish Upon A Witch
A Stormy Spell
A Stitch of Magic
Bee Charmed
Lemon Tea Cozy Mysteries
Witch You Wouldn't Believe
A Spell to Tell
Witch is When it Gets Crazy

Lucy May adore le café, les chiens, la cuisine et l'écriture. C'est une Sudiste déracinée qui vit dans le Maine. Elle a appris à apprécier les quatre saisons, mais elle regrette toujours les étés tranquilles du Sud. Elle aime penser qu'elle aurait pu être une sorcière dans une autre vie et croit encore à la magie. Elle passe son temps à créer des histoires paranormales amusantes, sarcastiques et sensuelles.

Facebook